慾望號列車

蘇曼靈　著

書名：慾望號列車
作者：蘇曼靈
系列：蘇曼靈文集
責任編輯：陸柏球
封面設計：林璐茜

出版：**心一堂有限公司**
地址 / 門市：香港九龍尖沙嘴東麼地道六十三號好時中心LG六十一室
電話號碼：（852）6715-0840
網址：www.sunyata.cc
電郵：sunyatabook@gmail.com
網上書店：http://book.sunyata.cc

香港及海外發行：利源書報社
地址：香港新界大埔汀麗路36號中華商務印刷大廈地下
電話號碼：(852)2381-8251
傳真號碼：(852)2397-1519

台灣發行：秀威資訊科技股份有限公司
地址：台灣台北市內湖區瑞光路七十六巷六十五號一樓
電話號碼：(886)2796-3638
傳真號碼：(886)2796-1377
秀威網絡書店(台灣地區)：http://www.bodbooks.com.tw/

中國大陸發行・零售　心一堂
深圳店地址：中國深圳羅湖立新路六號東門博雅負一層零零八號
深圳店電話：(86)0755-82224934
北京店地址：　中國北京東城區雍和宮大街四十號
心一堂官方淘寶店：http://shop35178535.taobao.com/

版次：二零一五年九月版
平裝

	港幣	一百一十八元
定價：	人民幣	一百一十八元
	新台幣	四百八十元

國際書號　ISBN　978-988-8316-61-8

目　錄

寫在《慾望號列車》前

在文學領域中，中國小說的體裁成熟最遲，長期以來被輕視。但影響人心的力量最大，在一般市民心目中比四書五經尤甚。當然，這是指優秀的小說。較早期推崇小說的有金聖歎，近人則以梁啟超、胡適說得最清楚。梁啟超的〈論小說與群治之關係〉從社會、人生、政治的種種意識創見性地說明小說的重要性。而胡適則認為代表唐代文學的唐詩反而不及唐代小說之重要。

小說有什麼價值呢？大致可以包括下述數項。一是提供娛樂、可以消閒。如今更是電影、電視劇的腳本。其次是拓展讀者的視野，帶領讀者遨遊天地，深入各種不同的人間領域。再其次的是能宣洩感情，讀者對小說中人產生共鳴時，悲喜憂戚與共。最後，優秀的小說更能啟迪人心，對小說所帶來的問題深思反省，或探討嶄新觀念路向。

一個時代有一個時代的小說，小說不期然會透露出一個時代的社會風尚。因而香港人創作的小說也會滲出香港社會中的特色。廿一世紀的香港，是繁榮商業社會的城市。其中不乏努力艱辛拼搏成功或失敗的故事。而都市人心浮燥，追求事業上成功之外，人心的趨向是什麼？外國有著名的連續劇《色慾都市》，這種暴露人性情慾的故

事，迴響甚大。《慾望號列車》便是著眼於描述人性在這一方面的社會現象。

　　寫色情小說，是許多作家的禁忌，亦為衛道者不屑。其實，這種另類小說，極容易流於猥褻粗鄙，故為人所不齒。但若遇到高明的寫手，亦可以跳越粗鄙低俗、因闡述人性陰暗面而達致文學作品的境界。英國作家勞倫斯的《查泰萊夫人的情人》和日本渡邊淳一的《失樂園》便是成功的例子，叫好又叫座。筆者慨言色情小說不難寫，但寫得好便比其他類別小說更難。《慾望號列車》的作者蘇曼靈無疑向難度挑戰。

　　蘇曼靈是新一代作家，能寫多類型短篇小說。想不到她結集的中篇小說卻愛以情慾小說作題材，無疑是大膽的挑戰和嘗試。小說內容便是以光怪陸離的廿一世紀社會為背景，多種人性潛在的虛偽和慾望交織成都市樂章，奏播出慾望號列車惱人的旋律。人慾有意想不到的開始，也有意想不到的結局，便是本書引人入勝之處。隨手翻卷，將會為讀者帶來閱讀的趣味，或者，更深思的啟迪。

香港小說學會名譽會長

楊興安

二零一五年立秋日

靈慾生死場　情色浮世繪

——序蘇曼靈的都市奇情小說

　　情慾、淫亂、瘋癲、血腥⋯⋯這是我在讀蘇曼靈的小說時，不時浮現腦際的一些字眼。

　　小說有不同的形式及風格，可謂千姿百態，傳奇、懸疑、哲理、言情、感傷等等，路數繁多，無奇不有，讀者也都各有所愛，所以，甚麼樣的小說都有存在的理由和價值。在我看來，蘇曼靈的小說大抵可歸為奇情類，長於講故事，也偏重於獵奇，獵都市之奇、世態之奇、人性之奇，所以，她筆下的故事也就無「奇」不有。

　　實話實說，我在讀這批作品時也是抱著一種好奇的心態，一則我平素很少閱讀奇情故事，二則我這些年關注的小說偏重於一些「平平無奇」之作，所以，多少有點看稀奇的味道。可以說，蘇曼靈的作品為我開啟了一道洞窺香江人間百態的窗口，我相信，對於不少讀者來說都會有同樣的感受。

　　蘇曼靈對這個色慾都市有她自己的觀察，也不乏深刻的揭示——

　　「從太平山望下去，一片樓海，盡覽無遺。我蹲下來，從山道的鐵圍欄拍照，所有的建築全被困在鐵欄裡，

城市人猶如生活在牢籠，每天與命運抗衡，譜寫自己的獄中曲，有壯麗，有悲戚。」

「這個世界是淫亂的，是瘋癲的！」

作者在這些作品中，讓我們看到一個個自困於「情與慾」的囚籠中的人，也讓我們看到這個色慾社會的瘋癲本質，如她在作品中藉精神病人之口所言：「我們性情太真，逾越了所謂社會的潛規則，所以你們認為我們是不正常的。其實我們看你們才不正常，一群假正經假斯文假仁假義！你以為這裡才是精神病院？你們的世界才是精神病院，呵呵。快走吧，快離開這裡回到你自己的精神病院吧！」

在蘇曼靈的小說作品中，我最欣賞的是《慾望號列車》和《弱男》、《房客》。簡單來說，這三篇小說已不純粹是講故事，而是有了人物。為甚麼這樣說呢？在她的一系列作品中，很多篇章都還只是故事，滿足於情節的曲折、故事的離奇，這固然是講故事的必要手段，但如果是滿足於此，則不能稱之為藝術。小說是藝術，除了技法的圓熟之外，更要求一種獨特的發現與洞察。福樓拜的《包法利夫人》之所以被視為「現代小說的法典」，正在於作者塑造了一個「活」的人物，讓人們不再只是看到一個故事，而是對一個人物的命運有了感同身受的體驗。《包法利夫人》的故事其實很簡單，一個鄉村醫生的年輕夫人，

4

不滿足於平淡的婚姻生活，先後與兩個男人搞婚外情，最終悲劇收場。這是我們在一般言情小說中都能看到的橋段，為甚麼別人寫出來都是「垃圾」，而到了福樓拜筆下就變經典了呢？因為福樓拜不滿足於寫故事，他更着意於借一個老套的故事，展示一個女性的喜怒哀樂和悲慘命運。故事寫到這個程度才是藝術。

　　我欣賞蘇曼靈的這幾個作品，正是從這個意義來說的。這三篇小說的故事情節都不複雜，但都表現出了可觀的品質。《慾望號列車》寫一個太太出軌的故事，情節很簡單，但卻能夠讓我們看到她的內心世界，她的心理掙扎。故事中的凱莉是個安份的公務員，又有一個可以相伴到老的丈夫，但偏偏面對一個難以抗拒的男人。也許這是無數女人生命中都會遇到的試驗吧。她應約了，向自己的男人撒了個謊，又坐上了對方的座駕，去了西貢海旁，從喝酒到倒進男人的懷裡……這是一個尋常的都市男女故事，但作者在這篇作品中讓我們看到了一個女人內心的糾結。由於這個浪漫與激情來得太突然，她回到家時神智還處於雲霧中，接下來的情形是甚麼呢？慾火焚身的她忍不住把手伸向丈夫，並伏在已熟睡的丈夫耳邊嬌嗔地呼喚，希望丈夫能夠滿足她的慾望，她搖晃了半天，丈夫卻只是夢囈般地說了句「睡覺」，殘忍地澆滅了她的慾火。一個被野馬般的男人喚醒內在慾望的女人，

驚覺「自己是壞女人，修煉了數十年才知道原來骨子裡的自己是如此的不羈與狂野」，她突然開始感到不安，她決定取消三天後的約會，決定不再見他。故事將一個女性內心隱秘的世界袒露出來，敘述頗為細緻，而且有個耐人尋味的結尾，凱莉與對方再次相見，且不由自主地接受他的邀請北上按摩，但是火車在火炭停站時，她突然用力撥開站在車門口的幾個乘客竄出車廂，並對着車廂裡的男人喊到：我有老公了，這趟列車我不該上。一個搭上「慾望號列車」的女人，在最後一刻跳車了，避免了重蹈包法利夫人的覆轍，保全了自己。我不願意用「名節」之類的說法來形容這個結果，這樣的形容未免太迂腐，我只能說，一個女人還是保持一點矜持好，至少不會淪為漁色者的玩物。這是一篇很耐讀的作品，有富於表現力的細節，揭示出人物心理的不同層面，這正是小說應有的品性。

除了《慾望號列車》，《弱男》與《房客》也是頗見藝術成色的作品，前者刻寫了幾個「弱男」，描畫有聲有色，不乏細緻的觀察與深入的心理探究；而後者則揭示了怪房客阿生的慘痛心靈，觀其經歷，真個是「人不如物」，情何以堪。

透過這批作品，不難看出作者曾在心理學方面對人的行為、性情與情慾等作過頗為深入的探究，也具備相關的學

6

術知識。也許是這個緣故，不少作品中的故事更像是臨床個案，是一種病歷式的紀錄，它可以幫助我們看到一種世情，或者是一些人物的變態行為與心理，但從小說藝術的法則來說，畢還是欠缺一種文學性，即將人物放在一定的社會關係中立體地考察、呈現、解剖的透視力和表現力。

蘇曼靈不缺乏生活閱歷，也不缺少故事，她是一個能說故事的人，但我不希望她只是滿意於這個層面，相反更希望她向大師靠齊，對自己有更高的要求，磨礪出一只足以化腐朽為神奇的筆，從平凡處見到不平凡，正所謂「看似尋常最深情」，倘她能做到這一點，當有不一般的成就。事實上，《慾望號列車》已是一個很好的開始。

文學解決的是醫學無法解決的問題，撫慰人心，專治情感、精神疾患，小說家既是社會學家也是心理學家、哲學家，但最終則是以人性的魔鏡透視生靈的文字魔術師，他／她要做的就是如幻如真地還原社會的面貌、人生的真相、靈魂的本來面目，所以，從平庸的人生中看到人間的光怪陸離，從平平無奇的生活中透視浮世男女的心靈，更能顯示一個小說家的本色與本領。說多兩句，以此與曼靈共勉。

香港作家聯會副會長　蔡益懷

二零一五年六月一日

7

自序

能夠寫下這些故事，除了平時對生活與人性的觀察外，很大程度上是受了渡邊淳一的《男人這東西》、《女人這東西》的影響。渡邊以醫生的角度和經驗去分析男女人性，而我則希望以故事去展示人性。這部短篇小說集的23個故事，基本是圍繞情慾的話題。以男女在面對情與慾的考驗時所表現來反映人性。

有朋友說：你寫的是情慾小說，都不知該如何幫你宣傳。

朋友請注意：如若有人對情慾非議，那是他的淺薄。

情慾非情色更非色情。

情與慾乃人之常情，性之本質，情之真偽，意之善惡。若能大方面對和接受並正確理解，甚至可以避免因情與慾而造成的各種罪案。

人類在角逐金錢權利地位愛情等等慾望的過程中，人性盡露無遺。所以，請避忌情慾話題的朋友不要讓自己總是活在宇宙的表層。

另外，又有朋友說，內容較三級，對性器官的描寫不該太過顯露。

是的，多數寫情慾小說的作家會對性器官和性交的過

9

程描寫得比較隱晦，抑或輕描淡寫，抑或以藝術和詩人的手法去描寫。不過，《慾望號列車》整個系列的23個故事，幾乎是大千世界可能發生的故事，現實比小說更骯髒更殘酷，作者以通俗甚至低俗的表現手法把故事和人物呈現給讀者，目的是想加強故事和人物的真實性。人體的任何器官均具備其特定的功能性，又何須大驚小怪，趨之若驚。

本部短篇小說集原打算命名《弱男》。皆因香港社會女性越來越強勢，男性越來越畏縮。

人類歷史以來，基本都是男權社會，動盪的年代需要男性去打仗以平定天下。一旦太平盛世，女權即冒起來。

女性具備孕育和哺乳的能力，Female的母性注定了她的強大，這是male無法攀比和改變的natural。即便是最愚蠢的她也比他有韌性。女性柔軟的思考方式和卓越的決斷力令女性佔優勢，在現代社會任何舞台都具有強烈的競爭能力。

之所以成為弱男，是因為男性經不起打擊，相對女性而言，為人處事較為虎頭蛇尾，不夠韌性，意志不夠堅強，感情易受傷害，甚至連性事都會因心理而影響不舉，而男性多情的天性亦為他們的個性帶來各種弊端。

寫故事的過程，每篇故事的內容自然偏向了情慾的方

向，是因為體察到人類在情慾面前會真情顯露，透過故事的情節發展，以表現故事裡角色面對慾望時的心理變化與掙扎，生理與心理如何去相剋相引。

待寫完《慾望號列車》這個故事後，這本短篇小說集從《弱男》變成了《慾望號列車》，這個自然演變的過程是恰當的。

每篇故事篇幅不長，以隱晦和畫龍點睛的方式去闡述作者對人生的觀點與看法，雖談不上哲學，但細味之下也頗具寓意。

作者明白，人性的表露不單是情慾的方式，本港甚至本港以外，性與情一直是比較敏感和避忌的話題。不過，據作者了解，女性對性與情的追求和好奇已經遠遠超過了男性，作者在與閨蜜們多次談情論性的過程中，產生了《慾望號列車》的系列故事……

希望讀者在閱讀的同時能夠卸下有色眼鏡和偏見，大方面對和接受自己也有性器官和情與慾的事實。

僅以此23個故事獻給熱愛生活，敬畏生命的痴男怨女！

蘇曼靈

二零一五年七月

慾望號列車（I）

假日，凱莉一家沒有外出，她趁休息去會所健身房做運動，凱莉是公務員，長期待在冷氣房工作的人，濕氣太重，總是渾身倦怠，所以一有空就會去會所做運動，她喜歡那種大汗淋漓的感覺，所有的壓力與煩惱都隨汗水一併排出體外，換來身心輕鬆的快感。

凱莉剛在跑步機上完成七公里的跑步記錄，就接到偉文的電話，偉文說在她家附近，想約凱莉出來喝杯咖啡。接到偉文的電話，凱莉莫名的激動。他們原本約好三天後見面的，沒想到偉文提前相約，他說，剛送友人去上水，開車經過火炭，所以看看凱莉是否有空閒。

偉文長得不算帥，不過勝在身材高大，沒有中年人的身材危機，整體感覺風度翩翩。他和凱莉在一次試酒會上認識。

那天，凱莉穿了一條淡紫色的傘裙，偉文則smart casual wear。從凱莉進場一刻，偉文就注意到她。凱莉拿著酒杯穿梭會場，與友人談笑風生，她說話聲音細柔緩慢，抑揚頓挫很有分寸，凱莉舉止優雅，舉手投足間散發出一種成熟的有品位的知性美。在品酒師為大家介紹今天酒會的重點推介酒莊時，偉文終於有機會與凱莉結識，並

與凱莉交換了電話。

原來，偉文和凱莉是經同一個朋友邀請而來的。相互間似乎有了某種牽連，氣氛開始輕鬆自然，交談甚歡。凱莉和偉文對酒的品味差不多，偉文買了兩箱紅酒，並約凱莉三天後見面，一起品嚐。

接到偉文的電話，凱莉匆匆離開健身房回家沐浴更衣，丈夫問她這麼匆忙去哪裡，凱莉說有個老朋友突然打電話來說從國外回來，她要出去見一見。凱莉對丈夫說了謊。其實凱莉完全可以不必向丈夫撒謊，丈夫對她極之信任，他絕對不會想到凱莉會有任何不軌的行為。他認為婚後的夫妻生活就是這樣平淡的按部就班的，每天上班，下班，回家吃飯，一起生活，假期選個地方一家去旅遊，相伴到老。

偉文也就是個新相識的男子而已，只見過一次面卻為凱莉留下了深刻的印象，他談吐風趣，舉止優雅，紳士風度，舉手投足間都散發著強烈的男性的魅力。就像狗聞到了對方的荷爾蒙而失控一般，偉文激起了凱莉潛伏在內心多年的慾望，故此不敢對丈夫說實話，真是做賊心虛，像凱莉這般守慣規矩的女人，光是心動一下，就覺是愧對了對方。

凱莉上了偉文的車。

「你打電話給我時，我剛跑完步。正想出去喝點東西。」凱莉又說了謊，她明明還想留在健身房，繼續使用其它的健身器械，一接到偉文電話就迫不及待想見他。平時凱莉做完所有運動，是不會出去喝點什麼的，她只會留在家，和丈夫一起選部電影看看，或者獨自留在書房看書，度過一個平靜平淡的夜晚。

「偉文，你喜歡看電影嗎？」凱莉開始找話題聊天。

「喜歡。」

「你平時都愛看什麼類型的電影？愛情？勵志？推理？恐怖？」

「我喜歡浪漫的愛情故事，最好帶點激情。」

凱莉聽了覺得好笑，估計偉文也是快五十歲的人了，一個成熟的男子居然還具有少男般的青澀情懷，喜歡浪漫和激情。她不知道朋友有沒有告訴偉文自己已婚。照理那是她自己的事，無需向他交代。也就是交個朋友而已，沒必要那麼緊張那麼認真。

「我們去哪裡？」

「我帶妳去西貢海邊走走，妳不是說喜歡狗嗎？那裡有很多狗主帶狗在海邊散步，而且碼頭有好多SPCA中心

收留的狗聚在一起，等待有心人領養，其中不乏名種狗喔。」

一聽狗狗，凱莉就開始興奮，她非常喜愛小動物，曾經與丈夫多次討論過想養一條狗或是一隻貓，不過鑑於二人都要返工，白天家裡沒人，無法照顧寵物。

到了西貢，偉文說他車上有紅酒，問凱莉要不要喝。不待凱莉回答偉文就拿了一支紅酒與凱莉漫步到西貢海邊。他們聊了很多，沒有酒杯，二人抱著酒瓶輪流灌飲。

凱莉並非以貌取人的女人，也不曾與男士一見鍾情，她對異性的感情只會是在逐漸了解後才產生並與日俱增的。可是，偉文的隨性，偉文的浪漫，偉文的激情，以及他身上那種不羈的原始氣息，令凱莉情不自禁地追隨而去。二人邊喝酒邊在西貢碼頭漫步，彷如相識很久的戀人，偉文把手臂輕放到凱莉肩膊，凱莉順勢倚在偉文懷裡。

夜已染黑了整片天空，凱莉說要回家了。偉文沒有挽留，坐上車，凱莉回味著瞬間前發生的一切，好不溫馨。

「偉文，你第一眼看見我是什麼感覺？」

「氣質。」

「哦，是嗎？有人說男女相互吸引是因為各自身上的味道，是味道吸引了對方……」

正說著，偉文把車突然拐到西沙公路一條斜坡小徑，不待凱莉回過神來，偉文已停下車，他一下捧住凱莉的臉就把嘴湊了上去，凱莉情不自禁地打開雙唇，感受著偉文的舌頭在自己嘴裡肆意地探索。偉文把手放到凱莉胸部，想進一步探索凱莉的身體，出於本能，凱莉強行推開了偉文。

是夜，充滿了浪漫與激情，一切來得太突然，直到凱莉回到家神智還處於雲霧中。

丈夫已休息，躺在床上，伴著丈夫的鼻鼾聲，海邊和車裡的一幕幕又浮現在凱莉眼前。偉文很會接吻，凱莉腦海裡不斷重演著與偉文接吻的過程，他的舌頭是如此的溫柔，凱莉不知不覺間開始了喘息，忍不住把手伸向丈夫，並伏在丈夫耳邊嬌嗔地呼喚他。她此刻慾火焚身，只希望丈夫能夠滿足自己的慾望。她搖晃了半天，丈夫卻只是夢囈般地說了句：「睡覺。」這兩個字，殘忍地澆滅了凱莉的慾火。

凱莉與丈夫的婚姻已維持了八年，丈夫也在政府部門工作，是個約束性紀律性原則性很強又保守的男人，婚後更加把凱莉當作了親人，完全不懂浪漫。凱莉凡事追求完美，她對自己沒有激情的婚姻感到遺憾，但是，凱莉是傳統的女人，自幼受正規嚴屬的家庭教育。或許人到中年的

女性都渴望愛情，但縱她有任何對愛情的美好憧憬，她也不會失去理智去追求。畢竟，追求浪漫的人是不顧一切的，追求完美的人是謹小慎微的。

婚姻如果不幸福或是太過乏味，是該忍耐還是離婚？或者，選擇灰色地帶？若然有份新感情的出現，是否能夠拯救那失去生機的靈魂？婚姻亦會因此得以繼續維持？

凱莉一邊回味與偉文之間產生的化學反應，一邊與自己進行著激烈的對話，她並非擔心對方會對自己怎樣，而是擔心自己，與偉文一起就如奔向了原野，完全釋放，這個陌生的男子像匹野馬，又像個少年，一切不假思索與考慮就即興而發，來得自然而激烈，她覺得自己是壞女人，修煉了數十年才知道原來骨子裡的自己是如此的不羈與狂野，凱莉突然開始感到不安，她決定取消三天後與偉文的約會，決定不再見他。

於是，凱莉發了短信給對方，以後不會再單獨與他見面。可惜對方沒有上線，要待到第二天才能看到留言。

凱莉更想知道偉文為什麼會對她如此放肆，他本來就是個隨性的男子，還是自己果真吸引了偉文？是夜的幕幕是否他早有安排？不知偉文是否知道她是有夫之婦？如果

她提出拒絕再見，偉文會堅持邀請嗎？如果偉文堅持她是否應該按原定計劃赴約？她不敢去想像自己提出拒絕後偉文就此放棄的情形，她害怕傷害自己的自尊，害怕破壞浪漫與激情後產生的美好回憶。

那一夜，凱莉輾轉反側，所有的情緒都翻湧著，突然而來的激情令凱莉難以消化與接受，自己尚未搞清楚到底發生了什麼事就回到家躺在了丈夫的身旁，一切太快，太突然，太失控，完全沒有計劃，與凱莉一貫的生活方式背道而馳。

從來沒有男子敢對凱莉如此放肆，凱莉一不小心踏上了慾望號列車……

慾望號列車（II）

　　偉文送凱莉回家後，把車泊在凱莉家樓下抽煙。他想不到凱莉在關鍵時刻能夠如此鎮定，作為情場老手，他相信自己有足夠的魅力去征服女人。

　　偉文出生在大澳，是漁民的兒子，家裡七，八個兄弟姐妹自幼都隨父母遷居去了澳洲。雖然到了大城市，可在鄉村地方長大的孩子，骨子裡是純真的。去澳洲時，父母與年長的幾個兄長為生活而打拼，顧及不了偉文，於是偉文結交了當地的一些童黨，整天流連在外，換了幾家學校都無法繼續讀書，偉文排行最小，母親甚是擔心兒子的前途。一天，偉文偷聽到母親對大哥說，想帶偉文回香港，希望他換個環境能夠專心學業。偉文當然不想離開，他最近結識了同是香港移民澳洲的一個女孩，二人正在熱戀中。為了讓母親打消回港的念頭，偉文決定發奮。愛情的威力是不可估量的。幾年後，偉文勉強拿到個商科證書。女友比他先畢業，一畢業就返回了香港。待偉文畢業後回港找她，她已經成為別人的女友。偉文大受打擊，開始沉溺於酒色。他發誓以後再也不會對任何女人動真情。偉文是母親最寵愛的兒子，她根本不放心偉文一人在港，母親得知偉文放蕩不羈的生活後，也匆匆回到香港。偉文是心

疼母親的，他原本是用情很深很專的男子，再加上自幼被母親溺愛，所以受不了被女友拋棄的打擊。

為了不讓母親擔心，偉文盡快恢復正常生活。可是，在鄉下地方長大的孩子，本來就崇尚自由，個性中帶有原始。短期的放蕩生活更喚醒了偉文內在的狂野。

回到香港，由於偉文的文憑並非正規大學畢業頒發，加上他本身成績也不是太好，在外面多年只顧玩樂與拍拖，英語也沒有認真學，找不到一份好工作。母親說想不到留學生居然在本港失去了競爭力。偉文勉強在社會混了幾年，後來在兄長的支持下，與友人合作開了一家化妝品公司，一做就是十多年，分店越開越多，也算是小有成就。

偉文事業有成時，也曾經想嘗試與幾個女性認真拍拖，可是終遇不到他理想的對象。他覺得香港的女人要麼不懂風情，要麼太拜金太現實，要麼事業心太強，都不是他喜歡的類型。最關鍵是，他的心已習慣了無拘無束。隨著年齡的增長，他偶爾也想安定下來，什麼都玩過了，也該玩累了，也該玩膩了。只是他已經不知該如何安定如何認真去對待一份感情認真去對待一個女人。

第一次見凱莉，偉文覺得凱莉有種脫俗的感覺，她不算很漂亮，但是氣質很好。偉文的職業接觸的全是女性，他對

女性的了解恐怕比她們自己還要清楚。平時見慣了濃妝豔抹的女人，凱莉淡薄自然的妝容反而引起了偉文的好感。

一支煙過後，偉文驅車回家。他把電話關閉，免得一些風騷的妹妹們半夜打電話來吵醒他。

第二天，偉文醒來打開手機，看到凱莉的留言，心裡暗笑：這個女人，昨晚明明很興奮，轉眼又故作矜持說不再見面了。她是不是想和我玩 hide & seek 的遊戲？

其實，通過一晚對凱莉的觀察，偉文基本知道凱莉是個純情簡單的女人。按偉文的經驗，這樣的女人應該最容易得到手。他萬想不到凱莉居然會拒絕自己，偉文略有失望，不過，他已年近五十，不會想去認真對待一份感情，結婚的想法也早已淡漠。他已經自由慣了，一旦固定和一個女人拍拖，她必將會想結婚與生育，偉文不願自己到了這個年齡再為家庭而付上責任。

一睡醒就收到凱莉拒絕的短信，偉文感覺有些失望。他不清楚凱莉是否在與他玩 hide and seek 的遊戲。他最討厭別人玩這樣的遊戲，若然如此，他會比對方玩得更出色。偉文沒有立即回覆凱莉。他想再等等，看看凱莉到底想怎樣。

　　凱莉看到偉文whatsapp 上線，知道偉文收到了自己的短信。可是她等了一個上午，偉文都沒有回覆。她猜想偉文不會再找他了。這件事就這樣不了了之，而那短暫的浪漫與激情無辜地變得不明不白。

　　凱莉恢復了平淡得苦悶的生活。兩個月後，友人又邀請凱莉參加試酒會，凱莉答應了，她希望能夠在酒會上重遇偉文。這段時間，偉文一直都沒有聯繫過她。她更加為那夜的擁吻與激情而困惑，不知是餘溫猶在，還是不甘心。雖然自己已不是少女，可是那晚與偉文之間發生的一切快來快散，作為一個恪守婦道的傳統女性，凱莉覺得有些委屈。

　　偉文也參加了是次酒會。他看見凱莉，主動上前打招呼，和第一次酒會一樣，談吐風趣，舉止優雅，風度翩翩。偉文的一舉一動都深深地吸引著凱莉，再加上那夜不明不白的浪漫與激情，偉文再次激起了凱莉希望得到激情的潛在意識。偉文似乎忘記曾經被凱莉拒絕過，他與凱莉依舊談笑風生，二人都沒有提起兩個月前發生過的事。其實，像偉文這樣的情場老手，只會視女人為獵物，根本不會在乎一個女人拒絕與否，更加不會關心對方內心的變化

與思想的鬥爭。或許對每一個女人他都是真情付出，不過，感情的投入只是一瞬間，一旦滿足了他的慾望，他就會去尋找新的獵物，男人天生是捕獵者，就看他有沒有練就獵人的本領有沒有成就一顆獵人的心。

「凱莉，妳喜歡按摩嗎？」偉文搖晃著酒杯問凱莉。

「喜歡，我的工作雖然不必到處走動，但是長期坐在冷氣下也很疲倦。」

「現在還早，不如我們去深圳按摩吧。」

凱莉看看錶，的確還早，就算現在出發，去深圳按摩兩個小時，回來也才不到十一點。第二天是假期，不用返工。

凱莉答應了，偉文再次令她失去理智。

偉文自己也沒想到為何會突然邀請凱莉去深圳按摩，更沒想到凱莉就這樣爽快答應了。他暗自歡喜。

偉文很會與女人打交道，甚至爐火純青到笨拙的地步都不自知。他發覺自己在女人面前越來越不懂得表達真實的自我，他越是擅於與女人交往就越是迷茫。內心深處，他渴望自己能夠找到靜謐的港灣停泊，而後天不羈的習性卻又令他難於抑制慾望。兩種矛盾的慾求在體內激烈的鬥爭著，令偉文表裡不一無所適從。以至每次當他遇上心儀的

女性時，急於表達真實的自我而更加弄巧成拙。隨著年齡的增長，偉文在理想與現實的道路上一邊迷失一邊前進。

　　二人離開了酒會，去紅磡搭火車。坐上開往羅湖的列車，凱莉思緒萬千，她想到，若然和偉文一起按摩，就會共處一室，換上單薄的按摩服就會更加親近，萬一偉文再像上次一樣吻她，她一定會不顧一切，一定會失控，那麼，她的婚姻是該終止還是欺騙丈夫繼續下去……

　　火車咔嗒咔嗒地前進，凱莉的心情如車輪般滾動著，澎湃著，她只是一個平凡的女子，一個已婚而從未曾有過外遇的妻子。快到火炭時，與她共同生活了八年的丈夫的影子突然冒出眼前，丈夫雖然墨守成規，可他卻是個本分的男人，一放工就會回家，沒有任何不良嗜好，從來不用凱莉擔心。每天這個時候，丈夫下班會去街市買菜，準備晚餐。

　　火車在火炭停站，乘客進進出出，「嘟嘟嘟嘟」聲響起，車門即將關閉，凱莉突然用力撥開站在車門口的幾個乘客竄出了車廂，偉文根本來不及跟出去車廂的門就關閉上了。偉文驚訝地望著車廂外的凱莉。列車開始移動，凱莉追隨列車跑了幾步，她對著車廂裡的偉文喊到：「偉文，我有老公了，這趟列車我不該上。」

紅藍之戀（I）

「為什麼要約我出來？」佩琪點了一份沙律和一份魚給自己，並叫侍應把酒牌拿來。

大衛覺得奇怪，佩琪以往滴酒不沾，今天卻主動要喝酒。

「約妳幾個月了，你都不理睬，也不知妳近來可好。」

「我很好，起碼新上司不是你。」

「佩琪，拜託不要這樣!」

這時，侍應把酒牌遞上。佩琪沒問大衛意見，徑自點了一支法國白酒配自己的深海魚。

「以前我們一起吃飯妳從不喝酒，怎麼今天……」在佩琪面前，大衛總是十分小心，生怕說錯話刺痛了她。當初沒有阻止佩琪愛上自己，大衛是慚愧的，可作為一個男人，任何時候都渴望能夠得到女性的仰慕與愛戀。

「以前？那是什麼時候？不要說幾個月不見，幾天不見人都會不同。」佩琪把頭扭向一邊，輕緩地說，聲音飄渺，似乎從某個角落傳來。

自從決定割裂與大衛無奈的情感，佩琪申請調換了工作部門，免去每天在公司與大衛朝夕相見。任何未婚女

子，當愛到濃時，就想與對方組織家庭，共建美好未來，甚至渴望孕育愛情結晶。可惜，這一切大衛都無法給予。

「我知道妳恨我，以前我不理解，現在我體會到了，我曾經帶給妳很多痛苦，那是無法言喻的。」

「小姐，需要試酒嗎？」侍應打開瓶蓋。
「不用試，斟酒吧。」

佩琪似乎有些緊張，大大地呷了口酒，並快速地吃起沙律。這次，她沒有像以往那樣與大衛分享自己的沙律。

「大衛，你變了。你胖了點，髮型變了，感覺比以前有魅力。」佩琪繼續吃著沙律，頭也不抬地說。

「佩琪，我們的戀情對妳不公平，讓你愛上一個有婦之夫是我的不好。我以前不了解你的痛楚，直至最近愛上別人的太太我才深切體會到。」大衛對自己的衝口而出感到驚訝。

佩琪聽了，身體微微顫抖了一下。她的沙律剛好吃完，她喝完第一杯酒，大衛為她斟上第二杯，她馬上又喝完。大衛趕快再斟酒。

「你約我出來就是為了宣告你的新戀情？」佩琪舉起酒杯。

「來，恭喜你！」

大衛尷尬地舉起酒杯，佩琪迅速喝完第三杯酒，估計沒有經過味蕾的分解，酒就直接灌進了胃囊。侍應把佩琪點的魚端上桌。佩琪以比吃沙律快一倍的速度迅速吃完一盤深海魚，幸而那條魚沒有小刺，否則⋯⋯

期間，這對舊情侶再沒有交流。

佩琪喝了大半瓶白酒，大衛沒有阻止。飯後，佩琪堅持要分開賬單晚餐用了不到一個小時。

告別時，佩琪微醉，大衛把她送上的士後，發了短信給瓊，他希望能夠馬上見到她。可是瓊答覆不方便出門，只可短信聊天。大衛吃了「檸檬」，沒勁，只好短信把晚上約會佩琪的事如實告訴了瓊。

「天哪，你怎麼能這樣！那個可憐的女子如何得罪你了，你居然三番四次傷害她！」

「瓊，我只是告訴她我終於了解她的痛苦了，也理解她為何對我說話總是帶有挑釁與不忿。難道，坦白與誠實也有錯？」

「你想去安慰她，也不該告訴她你的新戀情呀！你這不是往她傷口上撒鹽嗎？她會永遠恨你，不會再見你了。」

　　和佩琪吃了一頓很悶的晚餐，把愛上有夫之婦的心情與前女友分享，又把晚餐與佩琪的交談向瓊坦白。大衛原以為自己老實誠懇會解開佩琪的心結，又以為瓊會欣賞自己的坦率。孰不料，兩個女人都沒能討好。

　　回到家，妻子如常坐在沙發上看肥皂劇，大衛進門，她連眼角都沒掃一下。大衛心想，這女人估計是靠嗅覺來分辨進屋的人。大衛迅速洗漱完畢，他正打算回到客廳，妻已進了睡房。大衛整理好明天議會的文件，也進了睡房。

　　妻子靠在床背看書，大衛上床，在妻子身邊靜躺了兩分鐘，回想今晚的一切，大衛心裡極之不爽，一個中年已婚男子最直接的發洩方式就是與妻子性交。想到此，大衛伸手把妻子手中的書拿開，正打算把嘴湊上去，妻子轉身躺下，背對著大衛說：「累了，睡吧。」

　　大衛知道今晚又沒戲，只好下床，把自己鎖進了書房。

　　佩琪不會再見他；和瓊的戀情，僅限於柏拉圖式；與妻子一年做愛不過十次，而自己正值壯年的身體是渴望與女性交媾的。大衛開始懷念與佩琪過往的激情。他打開電腦，進入平時最愛的成人網頁瀏覽，選了一部拍攝與演繹

都很大膽的日本性愛小電影。大衛下體開始充血，他習慣地拉開睡褲，把右手伸進去，那對男女表演甚是激情，大衛玩弄著膨脹的下體，看著電腦屏幕裡那對豐滿的乳房與粉紅色的小穴，想像著瓊和佩琪的胴體，很快達到了高潮。待精液完全射出，大衛趕快關閉並刪除了瀏覽過的網站。大衛看看時間，留在書房已經半個小時，他去衛生間清理後便回到睡房，妻子一副睡狀。其實妻子早已習慣了丈夫偶爾把自己鎖進書房，也猜到丈夫在書房的三十分鐘幹了什麼。

　　大衛憎恨自己，更憎恨妻子，他非常希望妻子能夠明白自己為什麼會變成現在這樣，如若夫妻間多些交流，多些理解與支持，包容與諒解，即便不再激情，大衛也不至於淪落於此。他愈發珍惜與瓊的交往，即便瓊沒有承諾會和大衛發生性關係，但是，每次見瓊，瓊都令得大衛愉悅。瓊把大衛當作「藍顏知己」般對待，大衛知道瓊從精神上需要他，被一個女人需要的男人總會覺得自己是幸福的，而令女人感到幸福的男人將會是幸運的。大衛回想，妻子也曾經如此地需要他。那時，他們的感情是如此地美好……

紅藍之戀（II）

瓊帶著醉意昏昏沉沉地回到家，洗個熱水澡後人卻精神了。已是深夜，丈夫尚未歸家。瓊早已習慣丈夫夜歸，丈夫總說工作忙，應酬多，而瓊聽著也就信了。不信又能怎樣，難道去追查？查到了莫非離婚？孩子們尚未成人，他們的成長需要一個完整的家庭。

躺在床上，瓊回味著今天與大衛見面的細節。大衛是個溫文爾雅的男子，人到中年的閱歷為他平凡的外貌添加了味道。大衛曾無數次問瓊為何會喜歡上平凡的他，瓊總是回答：「喜歡沒有原因。」

然而內心裡，瓊知道，喜歡是有原因的。大衛對瓊的呵護與體貼，是瓊愛上他的主要原因。無論從外形到性格，工作與生活，大衛都與丈夫迥然不同。瓊自己也覺奇怪，為何愛情能偏向兩個極端。大衛與瓊有著很多共同的嗜好，在大衛面前，瓊能發現真實的不宜表露的自我。她曾無數次夢想自己應該轟轟烈烈談一次柏拉圖式的戀愛，如今，她找到了目標。基於二人均已婚的原因，她希望與大衛可以保持純情的友誼，然而，內心裡卻湧滾著各種慾念。這種不可公佈天下的戀情讓她與他均暗自瘋狂。瓊與大衛試過在隱蔽的地方擁抱，熱吻，撫摸。戲院，演唱

會，公園，行山徑，巴士，地鐵樓梯，唐樓樓梯⋯⋯只要一有機會，這對成年男女的身體就會貼合到一起。瓊的身體是敏感的，大衛一碰她，胯下的熱流瞬間如決堤般湧出，她會抓住大衛的手，放在自己堅實的大腿間讓他摩擦。

香港的公眾地方滿佈閉路電視，在眾目睽睽下偷情的快感比真正的性交還要痛快。如此，兩個成年人無性熱戀相擁相吻相撫近一年，總之，沒有真正性交的激情也算是柏拉圖吧。

上個月見面，大衛提出了性請求，希望能夠與瓊更進一步。

「瓊，我們交往近一年，按現代城市人的交往方式，我們總算是純情的。數月來，彼此的了解與信任都達到了一定的層次，若然能夠交合，相信我，我會對妳更加珍愛。」大衛緩緩地說完，語氣誠摯而鎮定。

瓊聽了很是感動。大衛的請求瓊也在心裡糾結了數月。她原本希望與大衛保持距離，孰知，每次見面，酒精都令自己失控。每次告別，瓊帶著強烈的性慾念回到家，丈夫若在家，她會主動要求丈夫為自己撲滅慾火，與丈夫交歡的同時，思想上強姦著大衛。她覺得對不起丈夫，對不起大衛。後來，她與大衛見面後的那一天，即便慾火燒心，她都不會再與丈夫做愛。與大衛見面越多，瓊越發不

能自拔，大衛的影子直接駐紮進了瓊的身體，瓊不停找藉口拒絕與丈夫做愛。她不知道已婚的大衛是否與自己同樣的感覺，回到家後會與妻子交歡。每當想起，瓊就會泛起陣陣醋意。大衛正當意氣風發的壯年，一個事業有成的男人即便學識再高，應該也抵擋不住情慾的誘惑。

數日前的一晚，大衛終於忍不住提出了性請求。

「大衛，你上次說仍有與佩琪見面，那你們有沒有再⋯⋯」

大衛吞吐了片刻，眼神稍有閃縮。

「瓊，我知道妳想問什麼，妳知道，我從未曾騙妳。我原以為佩琪不會再見我了，可我們仍是同事，若不消除隔膜，共事會很尷尬。」

「你非要搞你的同事不可？」

「瓊，每次與妳告別後，我的下體都因過分膨脹隱痛，回到家，太太沒有性慾，自與妳約會，雙手比以前忙碌多了。佩琪是唯一可以令我做正常男子的女人，妳懂嗎？」

大衛一番話甚誠摯，引起了瓊的同情，並為他出軌的行為開脫。

「那，如果我們做⋯⋯過，你還會與佩琪做嗎？」

「這一層我也想過，暫時還不知道。不過，瓊，請相

信我，我絕對愛妳多過愛妻子或是佩琪。對妻子，我是責任感；對佩琪，是同情與關懷，她是我的下屬，為了愛我，她忽略了其他男士的追求。」

「我看最主要不是因為她愛你吧？你曾經說過佩琪尚是處女，你們的性事僅限於手與口的運動，並非真正身體的融合。我看你是不甘心，一日未得到誓不罷休。」

「瓊……妳太聰明了！」大衛尷尬地說著，然後輕吻了一下瓊的前額。「妳放心，若然我們之間有了性事，我會盡量給妳一個滿意的答覆。」

「你是說，如果我答應與你做愛，你會考慮不再與佩琪交往？」

「大概是這樣吧。」大衛吞吞吐吐地說，似乎很不情願。

「大衛，請告訴我，你聽到某某已婚婦紅杏出牆的緋聞時，你對她有什麼看法？」

「嗯……嗯………」

見大衛支唔不答，瓊已經有了答案。

莫非，男人與女人交往的終極目的就是為了要了解彼此的「長短」與「深淺」？

瓊鄙視大衛貪色，但此刻的她已深深陷入愛的漩渦，是

與非並不重要。她想起今天下午去服裝店為大衛選購生日禮物的情景，她為大衛圍上選中的圍巾，那一刻兩人的眼神身體與靈魂的碰觸幾乎令自己昏厥，彷如墮入時空的無極。

愛情——果然令人麻木！

對大衛的愛與婚姻之間的掙扎時刻纏繞著瓊，複雜的情感如翻騰的浪頭，不停拍打著瓊的胸口。瓊不知該如何應對婚外戀，再加上社會可以包容男人外遇，卻絕不包容已婚婦的婚外戀，這一點，是已婚婦很容易變為黃臉婆的原因之一，瓊不知何時才能真正為自己瀟灑而活，恐到那時，已到輪迴的盡頭。

人的思想是奇怪的，自從大衛提出性請求，這樣的念頭潛意識刺激著瓊，令她無時無刻都幻想著與大衛做愛的情景。今天在服裝店的一幕，慾火不斷升溫的瓊預感到，距離與大衛做愛的日子不久了。身為人婦，瓊想保持與大衛的距離，她從未出軌，認為出軌是背叛的行為。婚後與男性如此密切的交往也是第一次。與丈夫的婚姻是順理成章的奉子成婚，煩厄的婚姻生活令感情基礎並不牢固的夫婦漸行漸遠。與大衛的相遇填補了瓊近八年婚姻的空虛，這份感情令她的靈與慾嚐到無以言喻的快感。

慾望的昇華為瓊帶來活力，站在道德與慾望的路口，瓊的靈魂處於蛻變的邊緣……

剩男的期待

　　文森與朋友在酒吧，他正在對朋友講述最近重遇十年前舊女友安娜的事。

　　「她比以前更漂亮更有女人味了。」說著，文森翻開手機裡的相片，找到上個月與安娜見面時拍的合照。

　　「看上去還不錯。」朋友呷了口威士忌，「她結婚了嗎？」

　　「是的，結婚了。」文森酸酸地說。

　　「像她這樣的女人，應該會嫁給有錢佬吧？」

　　「或許吧。不過，她好像過得不太開心。」文森呷了口威士忌，「每次見她都是珠光寶氣，不過笑容卻很牽強。」

　　這時，一名妙齡女郎來到酒吧，朋友的注意力馬上被吸引了過去。

　　女郎約二十五歲，長髮，皮膚白淨，略施脂粉，胸部發育不錯，穿一件翠綠色低胸吊帶背心，下配緊身牛仔褲，腳穿綠色露趾高跟涼鞋，炎炎夏日裡感覺很清爽。女郎在吧台隔開文森和友人三個座位坐下，酒保問女郎喝什麼，女郎點了杯雞尾酒。

　　朋友低聲問文森：「你上還是我上？」

「你上吧，我約了安娜過來。」文森早已厭倦了隨性，單純的肉體結合已經無法滿足他。

「不會吧，文森，你約了那個有夫之婦來？」

「不行嗎？」文森瞪了朋友一眼。「你還不快過去，再等就輪不到你了。」

文森示意朋友留意酒保。只見酒保邊調酒邊和女郎交談，音樂的關係，聽不清說了什麼，但見女郎笑個不停。

朋友隨即拿起酒杯，向女郎走去。

「喂，這杯酒算我賬上。」

這是朋友一慣的溝女作風，見到合適的目標就直接表明態度，絕不浪費時間。

酒保沒趣地看看朋友，把剛調好的「長島之戀」放到女郎面前。

女郎沒有拒絕朋友，一派現代女性的作風，大方地端起酒杯，並對朋友說了聲「謝謝」。

不到兩分鐘，朋友已和女郎攀談上。

文森看看表，估計安娜差不多到了，不自覺的整整頭髮與衣領，手心隱隱冒汗。他又叫了杯威士忌，沒有加冰。文森故意背向門口，一副漫不經心的樣子。

「嗨，文森。」一把清脆的女聲從背後傳來。

「哦，妳來了。坐吧。喝點什麼？」文森故作鎮定地

問安娜。

「你喝的是什麼？」

「威士忌。」

「我也來一杯吧。」

「這位就是傳說中的安娜吧？」朋友和女郎過來打招呼。

安娜猜到是文森的朋友，大方向對方打招呼。

安娜穿了件鏤花白棉布小翻領長袖長襯衣，下配灰色7分緊身褲，腳穿一雙黑色蝴蝶瓣黑色蕾絲三吋高跟鞋，手提一個黑色CHANEL經典羊皮小包，深棕色大波浪長捲髮，皮膚白滑水嫩，塗抹了歐式指甲油。安娜氣質高貴優雅，她的出現幾乎令酒吧的庸俗氣氛消散。連廿五歲的背心女郎都不禁多看了幾眼，更不用說身邊的男士。結了婚的女人果然另有一番韻味。

兩對男女交談甚歡，在酒吧逗留到午夜，都喝了不少酒。

子夜時分，背心女郎和朋友摟著一起去開房。文森負責送安娜回家。

的士後座，安娜靠在文森的肩膀，文森小心翼翼地坐在一旁，安娜伸出手臂摟住文森，文森快速做出同樣的反

應，也伸出手臂摟住對方。安娜的半個上身已經壓在了文森的前胸，文森一陣酥軟，呼吸開始急促。他把手指插進安娜的頭髮裡來回摩挲，兩張臉貼合著，越來越熱。

「安娜，我可以吻你嗎？」文森見安娜沒有反應，又輕呼了一聲「安娜……」

安娜還是沒有表態，只是軟軟的挨在文森懷裡。文森不敢貿然侵犯，不再要求。

的士在離安娜住所一條街遠的地方停下。

「文森，如果有一天我離婚了你會娶我嗎？」下車前，安娜突然問。

這是個嚴肅的問題，文森不敢作答。

安娜微笑著下了車，文森呆坐在車廂裡，目送前女友帶醉的背影，直到消失於混沌的黑夜。

「先生，跟住去哪裡？」

「去佐敦。」

文森撅起屁股拉拉褲子，用手整了整褲鏈位。自從與安娜重逢一個多月來，二人頻頻見面，每次都喝很多酒，每次都會摟在一起，每次與安娜的體膚親近都會令文森下體充血。

　　最後一次與女友分開後，文森寄情工作，已一年不近女色了。十年前因為自己的風流令安娜離開，十年後的文森沒想到重遇安娜自己會對她如斯迷戀。或許是因為安娜比以前更有韻味，也或許因為文森從未曾與有夫之婦交往過，讓文森覺得甚有挑戰性。今晚，安娜很突然地對自己說「可能」會離婚，文森興奮難耐，而更加難耐的是一觸即發的男兒本性，多次的充血已令文森下體隱痛，他今晚必須要為自己找個可以盛放精液的「容器」。

　　三天後，文森又與朋友聚在了酒吧。

　　「你那天可爽了，吊帶小背心怎麼樣？」

　　「嗯，還算不錯，就是稚嫩了點，不夠三十多歲的少婦風騷。」朋友漫不經心地搖晃著杯中酒回答。

　　「你真是夠壞的。」

　　「文森兄，難道你不壞？你不是也和風韻有餘的有夫之婦來往。」

　　「我可不像你想得那麼猥瑣。我和安娜是純潔的，連嘴都沒有親過，再說，我們有舊交情。」文森理直氣壯地說，心裡卻覺很不爽。

　　「該不會吧，以你老兄的魅力，不可能快兩個月連一張嘴都搞不定。」朋友不相信文森，他與文森相交多年，

彼此是溝女的好對手與好幫手。

「如果安娜離婚，我向她求婚可好？」文森喏喏地說。

「什麼？這是她說的還是你想的？」

「前幾天安娜問我。」

「你瘋了！怨婦說的話你也信？真沒想到一個情場老手才離開風月場所一年就變成弱智了！」

「不管有沒有希望，我都願意等。她太完美了！」說到此，文森腦海又浮起安娜的俏臉。

「那是因為她有個有錢的老公才得以完美。你算什麼？充其量只是高薪打工仔，你的年薪恐怕都不比她老公一個月的收入。」

「你說夠了沒有！」說到經濟上的比較文森突然激動，「我就不信我的真情無法打動她。」

朋友無語，文森付了自己的酒錢獨自離開酒吧。

他給安娜打電話，電話接進了語音信箱：「我在澳洲，有事請留言。」

文森把從酒吧帶出來喝剩的啤酒瓶狠狠地摔在地上。玻璃碎了一地，不知有多少個倒霉鬼驅車經過此地要被尖利的玻璃碎戳破車胎。

安娜的電話始終關機，文森心想，或許這是上天對自己的懲罰。當年沒有珍惜安娜對自己感情，不想「為了一棵樹而放棄整個森林」，至使安娜離開了自己。如今，當自己對安娜產生了想停泊下來的強烈情感時，安娜卻避開自己。

幾個月又過去，安娜突然打電話給文森，並約文森在經常去的酒吧見面。

「這幾個月妳去哪裡了？」文森顯然有些生氣。

「我回澳洲辦離婚。」

安娜絲毫沒有掩飾，直接就把去澳洲的事告訴了文森。雖然文森一直暗自希望有一天安娜會對他這麼說，可當一個失踪了幾個月的女人突然再次出現並當面告知自己離婚了，相信任何男人都是震驚的。文森不知該向眼前這個喜歡的女人道賀還是安慰她。

「不過我們是假離婚。」安娜稍微猶豫了一下，她決定還是告訴文森真相。

幾個月不見，安娜說的第一件事已經讓文森覺得突然，第二件事就更加令他費解。

「假離婚？為什麼？」

「為了財產轉移。」

那晚，在酒吧，安娜把自己的秘密全部告訴了文森。

「謝謝你，文森，我們相識超過十年。你雖然喜歡玩，用情不專，不過我知道你是個好人。這些秘密藏在心裡好久了，從來不敢讓人知道。為了守住它們，我都快崩潰了，一個人不管過得怎樣，都希望與人分享自己的生活瑣事，可是我的生活瑣事話題卻是摧毀我的王國的致命武器。」

原來，安娜的丈夫是大陸高官。他們是在國外參加一個朋友的婚禮時認識的。這位高級官員學識頗高，安娜和他跳了一隻舞，即被對方的教養與風度吸引。婚後，安娜與丈夫過著幸福快樂的生活，並迅速與丈夫生育了三個孩子。而這位政府官員為了提供給妻兒們貴族般的生活，婚後利用職權幹盡了貪污的勾當。他把安娜和三個孩子辦了移民去澳洲，並把巨款轉到安娜的名下，因最近大陸整頓風氣，嚴打貪腐。他提出與安娜假離婚，以此保住貪污得來的財產。

聽了安娜的故事，文森心想自己生活曾經放蕩，也只是一名普通的打工仔，與數百萬的打工仔一樣每天兢兢業業地工作，平平淡淡地生活，雖然無聊，但平淡是福。

文森想不到安娜竟然背負著如此沉重的人生。

「安娜，那妳以後打算怎麼辦？」

「文森，我離婚了！雖然我們私下協議假離婚，但這是事實，而且法律生效。難道你不高興嗎？」

文森鄙視安娜的丈夫，不管他地位有多高，他的財富都是不勞而獲，屬於欺騙。看著眼前這個與貪污高官丈夫假離婚，並帶著三個孩子有著龐大財產的單純的美艷少婦，文森騰然打消了這幾個月曾經對安娜的各種欲求。

「安娜，你們是假離婚，我為什麼要高興？」情感清晰後，文森的語氣開始變得冷淡。

「你聽說過伴君如伴虎吧？」安娜察覺不到文森感情的變化。「這麼多年來，我在他身邊一直過著擔驚受怕的生活，表面上看是無憂無慮，衣食無憂，可是，我知道一旦有人告發，我們的王國就崩潰了。不瞞你說，今天這個結局倒是我一直期盼的，也一直想找一個平凡的人過簡單的生活。自從我們重遇，我就發現我對你的愛一直都在。如果你不介意我離過婚，有三個孩子，我願意與你相伴到老。」說到此，安娜濕了眼眶。

文森知道自己只是茫茫人海中的一個小角色，注定庸庸碌碌過一輩子。他也會結婚，也會養兒育女，也曾經幻想過安娜若能離婚他可能會娶安娜。不過這一刻，當安娜把秘密毫無保留地告訴自己時，文森卻再也提不起對安娜

的各種幻想與興趣。

假離婚？貪污？生過三個孩子的女人？文森後悔與安娜重逢之際自己不問清楚對方的狀況再投放感情。

「安娜，妳的丈夫為了讓妳過舒適的生活，冒險貪污，妳不能這樣對他。」

「文森，他貪污並非為了我。國內的官員從上到下無一不貪，這是得以在官場繼續生存的條件，不貪污會被人排擠被人陷害，會丟了官銜。」

「安娜，妳要為妳的孩子們著想，他們不能沒有爸爸。」

「文森，這次我們重逢，我感覺到你對我的愛意，我一直以為你聽到我離婚的消息會很高興，甚至會提出與我結婚。十年前我愛你，十年後重遇，我發現一直保存著對你的愛意。我不怪你曾經離開我，那時我們都還年輕。最近，我時常幻想能夠與你共同生活，我們分開十年了，我想你也玩夠了吧。這次我們重遇，我發現你變了好多，也感覺到你對我的愛意。如果你願意，我在海外有巨額存款，足夠我們下半輩子無憂的生活了。」

「安娜，我承認自己玩世不恭，沒有大志，不過我還有起碼的良知，還有作為男性的尊嚴。你的錢是你的丈夫貪污得來的，讓我花人民的血汗錢不如讓我餓死，即便妳

那些錢是乾淨的，作為一個男人，又怎能靠女人養活？」
其實，文森心裡還有一個不能接受安娜的原因，就是，她
已經生過三個孩子了，雖然穿著衣服看不出，但是估計脫
了衣服身材已經變樣。他不願意接手別的男人的孩子做繼
父，更不用說這些孩子的爸爸是貪污的黑官。

　　文森第二次拒絕安娜走進他的生活。對於安娜的感
情，他是愧疚的，但是如果接受安娜，她以往的生活會對
自己未來的生活產生諸多負面的影響與負擔。文森只是個
沒有大志的小男人，他不想為他人的錯誤與過往去背負沉
重的十字架。

　　「這是去澳洲的機票，你如果想通了，就去機場找我
吧。」

　　安娜把寫了文森名字的機票放在吧台，黯然離開。

　　文森看都沒看，就把機票撕毀了。他生怕令自己與貪
污扯上關係。

　　那夜之後，安娜再也沒有聯繫文森，離開酒吧後她就
帶同她的秘密完全消失在了黑夜。

夢中情人

一

「琴，明天我去香港，我派司機接妳，我們去山頂吃飯吧。」國強打了電話給初戀情人後，心裡不禁泛起陣陣酸楚。

琴封閉自己已經快一年了，接到國強的電話，琴有種莫名的興奮。

她和國強自幼便認識，國強從小就喜歡琴。可是琴的父母嫌棄他家境清貧，一直反對。後來，國強離鄉從軍，在部隊上服役幾年後回鄉。那時琴還未嫁，國強買了各種禮物去到琴家，琴父母坐在客廳親自接待了他。國強十指戴滿了金戒指，左手戴了塊勞力士金表，右手腕是一條很粗的金手鍊，一條大金鍊誇張地纏在頸部，幾乎要把個頭矮小的國強壓彎。琴的父母看著金光閃閃的國強，笑容可掬的與他攀談。琴覺得國強太過炫耀，安靜地坐在一旁聽著他們三人互相吹捧。

國強離開琴家時，為討未來岳父岳母歡心，把手上的戒指除剩一二，滿以為很快就可以抱得美人歸了，國強才

安心離鄉，回部隊籌備婚禮。孰不知琴與打工的那家工廠的香港老闆發生了關係，並懷上對方的孩子。老闆說會負責任，答應與琴結婚。鄉下人注重聲譽，琴父不得不把琴嫁給港商。國強這下可是賠了夫人又折了金，好不心痛，國強自尊心特別強，他怎能接受如此的打擊。

自此，國強利用在部隊積累的關係，發奮掙錢，又發奮溝女，發奮播種，兒女三五成群。

「老闆，你果真想與琴一起生活？」

「多事！」

「老闆，你怪我多事我也要說，你覺得沒問題，難道不怕外人知道會笑你大老闆找一個離婚又有孩子的女人？」

「誰說我覺得沒問題啦？你懂什麼，專心開車。」

國強坐在豪華版賓利車裡，回想著多年前琴一家人對自己的愚弄，心裡滿是痛楚。他曾經多麼痴迷地愛慕著琴，而琴卻深深地狠狠地傷害了自己，至今無法釋懷。

司機接上了琴，琴與國強坐在後座，彼此客套了幾句，就再無交流，去山頂的路顯得愈加漫長。

司機把二人送到山頂「景峰餐廳」，國強訂了窗邊景

觀最好的兩個位置。點好餐後，國強選了一瓶餐廳較貴的紅酒。

「最近還好吧，琴。」

「還好。」琴雙手握著餐桌上的水杯。

「妳的臉……」國強和琴相對而坐，餐桌不是很大，燈光下，國強見琴化了妝，額頭與臉部似乎有幾道疤痕，估計琴努力想遮掩，可是疤痕比較深，即便她擦了很厚的粉也無法掩蓋。

「沒什麼。」琴把頭埋得很低，努力想遮掩。

「妳先生和孩子也好吧。」

「很好。」琴放開水杯，十指交叉。

「真的嗎？」

「什麼意思？」琴用力握了一下雙手。

「我聽妳朋友南希說妳離婚了。」

「既然知道還問我？」

「我也離婚了。」

「是嗎？」國強離婚，琴並不覺得突然，他們從小長大，琴知道國強一直喜歡自己，也知道自己突然嫁給他人對自尊心極強的國強是莫大的打擊，自此國強身邊女人不斷，不過也僅止於金錢交易，對於有錢又不懂得用感情投資愛情的國強來說，離婚是必然的。

「我想把孩子們安排來港讀書與生活。」

「你有幾個孩子？」

「我……來港的只有兩個，其他的已經全部送去國外了。」

「你總共有幾個孩子？」琴又追問。

「五個。」

「你老婆為你生那麼多孩子你還要離婚？」

「不全是一個老婆生的。來港的是正式結婚離婚的老婆生的，其他三個是另外兩個女朋友生的。」

琴無語。

兩人開始按照上菜的順序用餐。國強並不愛吃西餐，他是個急性子，喜歡全部菜擺滿桌後邊喝酒邊吆喝著大快朵頤。不過，他知道琴不喜歡粗魯的人，在琴面前，他永遠按照琴喜愛的模式去表現。兩杯酒下肚，酒精沸騰了血液，氣氛開始緩和。

「我想帶兩個孩子投資移民來港，找個可靠的人教育他們。當然，是有償的。」

「請個菲傭不就好了。」琴不屑地說。

其實，除了過分要面子和喜愛炫富以外，國強並不討厭。或許因為總想得到琴的認可，國強凡事刻意在琴面前表現。不過，人天生有些賤骨頭，你越是巴結對方，對方

49

越是看不起你，越是反感。

「菲傭要請，可是孩子們需要管教，需要母愛。」

「那你為何還要離婚？」

「唉，不提了！」國強無奈地聳聳肩。「其實，我想找個可靠的女人陪伴兒女，當然，這個女人要和我有關係。」

「什麼意思，不明白？」

「好吧，我就直說吧。既然妳離婚了，不如跟我吧。我在香港買房，妳和我的兒女住在一起，負責教育他們，直至他們成人。我們就像一家人一樣生活。如果妳願意，待孩子們在香港安定好，馬上搬來和我們住，我會給妳二千萬作為承諾金，另外，每月照給家用。到孩子成人後，房子歸妳。」

說到二千萬，國強語氣高揚。琴又想起當初國強戴了一身金器在父母面前炫耀的情景。

「國強，你一點也沒變。除了錢，你還能給我什麼？」

「我一直都愛妳，仰慕妳，妳是知道的。」

晚餐結束，國強把要說的話說完，打了電話給司機。

臨別，國強叫琴認真考慮他的提議。

琴下車後，司機又問老闆。

「國強，你我是老同學，你不高興我也要說。莫非你已忘記曾經有三個女人拿了你的錢無情離你而去？還有那些個沒有生育的女朋友們，不都是為了你的錢？因為你的感情都是用錢買來的，所以沒有一個女人對你真心。你若用心去交心，結果會不同。」

「這次情況不同，琴是我的夢中情人。」

「如果是這樣，你更加不該用錢去做交易。」

國強和大多數男性一樣感情脆弱，一經傷害，永世難忘。他不想對司機解釋太多，他曾經被傷害的自尊心與情感時常隱隱作痛。他一定要得到琴，一定要佔有她，直到把琴壓在自己的體下。

「再說，我看她的臉好像被毀容了。」司機還是不肯罷休。

聽司機一說，國強努力回想著記憶裡琴清秀的五官白滑的皮膚鵝蛋形的臉龐，琴雖然自幼愛美，可是在國強的印像中，琴甚少化妝，更不用說像今天這樣的濃妝。琴到底發生了什麼事？

二

　　琴離婚後，帶著孩子住在一間簡陋的出租屋，生活簡樸節省。她的丈夫因為爛賭而輸掉了辛苦建立的事業。琴回想尚未離婚時，為了幫丈夫還賭債，頻頻向親戚友人借錢，直到沒有人願意再幫他，琴只好把家裡值錢的東西全部拿去變賣，到最後，丈夫成為了喪心病狂的病態賭徒，甚至輸了錢回到家就毆打琴和孩子。琴無法再忍受，帶著孩子躲到家庭庇護中心，在社工的幫助下，找法律援助署的律師單方面辦理了離婚手續。社工把琴母子安排到了政府的廉價出租屋。

　　琴搬進去的時候，去婆婆家裡，打算告訴她自己的新地址，方便老人想念孫子時去探望。婆婆說，她若早來片刻就可以遇見丈夫。原來，他欠下巨額賭債，走投無路，只好躲在母親家裡。婆婆告訴琴，兒子不但有賭癮，自從琴帶著孩子離家後，他又染上了毒癮。這位慈母，把自己每月僅有的老人金拿出來給兒子去買毒品，她總覺得兒子終有一天會懸崖勒馬，改過自新。琴知道丈夫的母親一直不喜歡她，總是說琴腳頭不好，自從嫁了過來，他們家就沒有好過。她的丈夫突然被確診患了晚期腸癌，不到兩個月就病死在醫院；不出一年，她的大兒子因開中港貨櫃車

疲勞過度而出了車禍身亡。小兒子，琴的丈夫，自從結婚後，生意一落千丈，並染上賭癮，現在又染上了毒癮。

「妳來幹什麼？孩子呢？」婆婆並不歡迎琴。

琴本想告訴婆婆自己的新住所，得知丈夫染上了毒癮，琴下定決心要與這家人斷絕來往。

「我來是想通知他，我已經單方面辦理了離婚，希望他以後不要再騷擾我們。」

「什麼？妳和我兒子離婚了？你這個掃把星，自從你嫁過來，我們家就災禍不斷！」婆婆邊說邊隨手拿起餐桌上的玻璃杯向琴擲過去。對方的行為太突然，琴根本來不及躲避，她被水杯擲中，玻璃在琴的額頭開了花，幸好玻璃碎沒插入眼球。只見額頭、鼻樑、臉頰血水嘩嘩流下，琴皮開肉綻地站在原地不動，反倒是婆婆看著臉上插著玻璃碎和流淌著鮮紅血跡的兒媳，一下腳軟，跌倒在了地上。

琴始終站在那個位置，忍著劇痛。房間很靜，唯聽見二人的呼吸聲和血液滴到地板上的聲音。

「就算是我害了你全家，你們母子先後對我施暴，也算可以血債血償了吧！今天的事就算了，以後我們互不相欠，請你和你兒子，再也不要找我們，否則我就報警！」

琴打破沉寂狠狠地說，然後，她全然不顧倒在地上的那個已經六神無主的老女人，轉身離去。

　　告別痛苦的過往，告別帶給她噩夢的丈夫，琴豁然忘卻了痛楚。滿臉血跡的琴於街頭輕快奔走，奔向未來的新生活。她想馬上回到自己的新家，那裡不會再有任何人欺負自己和兒子。正當琴沉醉於自我的釋放時，兩名警察攔下了琴。

　　警察對琴盤問一番，琴堅持不對傷害她的人提出控告，警察唯有把琴送去醫院。

　　琴的臉上留下了幾道無法癒合的疤痕。

三

　　接到國強的電話時，琴正在餐廳的後巷洗碗。她的臉被毀容，不好找工作，洗碗不需要見客，不必擔心會嚇走客人。這是份苦差，不過琴很喜歡這份工作，除了不必見生人，獨自可以操作，人工還很高，許多餐廳高薪都請不到洗碗工，因為世道變了，人都怕辛苦，寧願人工稍低工作清閒，也不願意幹體力活。洗碗人工高，琴希望盡快儲蓄一筆錢去整容，她還年輕，不想因為臉上的疤痕而影響一生的幸福。

　　琴已經很久沒有與親友來往，每天兩點一線奔走於寓所與餐廳之間。她也從來不和陌生人打交道，只安靜地與兒子生活在一起。接到國強的電話，琴有種莫名的興奮。琴雖然不喜歡國強，但是也並不討厭他，畢竟是從小到大的玩伴，再說，國強一直都喜歡她。自從被毀容後，琴再也不奢望會得到愛情。基於女性渴望得到他人愛慕的天性，琴答應了國強的邀請，可是，任憑她在家怎樣化妝補粉，都無法遮掩額頭、鼻樑、臉頰的傷痕。凝視著鏡中一張破碎的臉，琴黯然落淚。

　　國強約了琴的密友，就是她告訴國強琴已經離婚了。

「南希，我見過琴了。」

「是嗎？琴肯見你？」南希很是驚愕。

「南希，請妳告訴我，琴發生過什麼事？」

「國強，我不懂，你在說什麼？」

「南希，不要再隱瞞了！琴的臉到底怎麼了？」國強很激動，他幾乎要撲向對面的南希。咖啡廳的顧客把視線轉移到南希和國強身上。

　　南希被國強的失控嚇住，一時間語塞。

「對不起，南希，我嚇到你了。」國強察覺到自己的魯莽，「南希，你是琴最好的朋友，大家又是同鄉，我從

小就喜歡琴，這你是知道的。那天見到琴，從她的眼神我感覺她過得很不好，她的臉化了濃妝意圖想遮掩什麼。南希，請妳告訴我，琴的臉到底怎麼了？」

「琴曾經被前夫和家婆虐待，她臉上的疤痕是那個老虐婆弄的。」對於琴的遭遇，南希也很同情。不過，自從琴出事後，琴一直躲著她，連她的新住所和工作的地方都不告訴好朋友。琴被毀容的事，南希還是從互聯網上看到的，youtube有段影片，點擊率很高，一個女人在街頭奔跑，滿臉的血跡，後來被警察攔住，南希才看清楚那是琴。若不是認出了琴，南希還以為那是刻意製作的片段。南希打電話給琴證實，琴沒有否認，不過，自此，琴再也不肯見南希，想不到琴居然肯見國強。

「南希，這是琴的住址和工作的地方。我想拜託你幾件事。」

「是琴告訴你的？」

「不是，琴沒有說。是我找私家偵探查到的。上次我們通電話，妳不是說妳也好久沒見琴甚至連她住在哪裡都不知道嗎？見過琴以後，我就找私家偵探查探她的地址。」

「你想要我幫你什麼？」

「我知道琴從小就很注重自己的外表。她不肯見妳，

甚至一年多沒有回家見父母了，我估計都是因為她毀容的原因。這是三十萬，拜託妳拿給琴，讓她去找個整容專家，如果不夠妳再告訴我。」

南希心想，如果有男子如此癡情對自己就好了。

四

見過國強後，琴曾無數次在心裡盤算，若然接受國強的條件，自己和兒子的生活條件就可以大大改善，二千萬，那可是她從來不曾也不敢想像的數目。她可以馬上去韓國整容，她甚至希望可以變成前夫無法認得出的樣子。不過，她若接受國強的錢，即意味著她要做國強的女人。國強外面那麼多女人，不知何時會玩膩自己，如果真會這樣，自己該怎樣去面對，琴一直希望能夠找一個可以終老的伴侶。琴轉而又想，既然自己對國強沒有感情，答應他的條件也就是二千萬的交易而已，管他在外面有多少女人，有了錢，她可以為兒子提供更好的求學條件，可以把兒子安排到國外讀書，這樣就再也不用擔心兒子被他爸爸找到。

當南希出現在琴的家門口時，琴嚇了一跳。南希把國強為她所做的一切都告訴了琴。

「琴，我看國強對妳是真心的。有這麼好的男人，妳還猶豫什麼？」

「南希，其實上次與國強見過面後，我也想了很多。當初我不選擇國強，也是因為覺得他太炫富，滿身的銅臭味，俗不可耐。他說給二千萬作為我答應的條件，我也曾經心動過，那可是一筆相當可觀的數目。不過，如果我接受了，豈不成了買賣？」

「如果你們是真心相愛，就不算是買賣了吧？」

「可是，我並不愛他，十年前他就知道了。」

「琴，妳也不年輕了吧？妳還有個兒子，又被毀了容……」南希不敢再說下去，生怕刺痛好朋友。

南希仔細看看琴的臉，她額頭和臉頰長短不一的疤痕大概有五、六條，深淺不同，鼻頭的肉似乎曾經被割掉又勉強粘了回去，像極了小丑的鼻子。

南希把國強給琴的三十萬拿了出來。

「這是國強給妳的，他叫妳拿去整容。他說如果不夠就告訴他，他會再給妳的。」

南希離開後，琴愣愣地看著眼前一疊疊金色的千元紙幣，不覺中，淚流滿面。她後悔年輕時太任性，被港商幾句甜言蜜語就騙上了床，而且有了身孕；如果當初選擇了和國

強結婚，自己不會有如此坎坷的遭遇，她與國強的孩子也不會因母親坎坷的命運而受到牽連。聽南希分析，國強對自己的確是真心的。琴收下國強的錢，並下定決心待整容後答應國強的要求，重新組合兩個破碎的家庭，她會把國強的孩子當作自己的孩子一樣愛護，更會努力嘗試做國強的女人。

琴辭掉了洗碗的工作，把兒子託付給南希，並留了些錢給南希，作為兒子的生活費。她隻身前往韓國接受皮膚再生術，國強擔心她費用不夠，再給了二十萬做路費。琴沒有拒絕，她覺得既然國強是真心愛她的，而她也準備接受國強的愛，那麼這些錢就不算是買賣，當然，琴目前最大的心願就是希望整容後盡快恢復正常的生活，她畢竟年輕。

五

兩個月以後，琴臉上的傷口基本癒合，她每天在鏡子中尋找曾經熟悉的五官。到了韓國，本來只預約了皮膚再生整容術，醫生說，琴的鼻子不夠高，顴骨不夠飽滿，嘴唇太薄，上眼簾鬆弛，眼肚太脹，而且是單眼皮。整張臉除了臉型外，其他五官都不算標致。

結果，琴按照醫生建議的目前韓國人氣最高的五官標準把自己改頭換面，連路費花了不到四十萬，她用剩下的

錢給自己購置了些韓國服飾，並買了禮物給南希和兒子。

琴希望人生從此展開新的一頁。

兒子幾乎認不出媽媽，幸而他還小，對於母親的變化並不會有太多的想法。

南希看著眼前這個標致的人工美女，羨慕到了極點。她希望自己也能遇見像國強一般富裕大方對自己痴心一片的男子。

此刻的琴充滿了信心，她沒有告訴國強自己大規模整容。她想給國強一個驚喜。

三個月後，琴的臉已經完全恢復，所有手術的腫脹與瘀青全部消退，新的五官與琴的臉蛋完美地融合在一起。琴約了國強見面。

完全可以想像當國強見到新面孔的琴時的驚訝。

不過，畢竟國強是做大生意見過大場面的人，他並沒有表露自己的驚訝。他知道，能夠下決心接受全面整形已經是很了不起的了。更何況琴曾經有過滄桑的經歷。

「國強，你喜歡現在的我嗎？」

「妳突然變得那麼漂亮，我有些不習慣。」

「我希望一切從新開始，希望一張嶄新的面孔帶給我

嶄新的人生。所以，當醫生問我想不想變得更漂亮時，我毫不猶豫就答應了。」

「我理解，妳也不容易。」

「謝謝你對我的支持。你上次提出的建議我考慮過，國強，我願意照顧你的孩子，也願意……也願意……」琴不好意思說下去。

自從琴收下國強的錢，國強就猜到琴會答應。只是話出自眼前這個漂亮又陌生的女人嘴裡，國強有些不太確定。

其實，無論男女，只要被對方所做的一件事所打動，就會義無反顧地打開心扉準備接納對方的愛。琴正是如此。她最大的心願就是可以恢復容貌，而國強在關鍵時刻幫助她達成了心願，確實打動了琴。

琴爽快地答應了國強。國強此刻反而猶豫。希望琴做自己的女人，幾乎是他一輩子的心願。突然就實現了，國強自己都無所適從。

「那……那……」國強支吾著，不知該說些什麼。他靠在椅背，努力在對面這個人工美女的身上尋找曾經熟悉的回憶。

「你打算何時開始辦理投資移民？」琴打破尷尬，切入正題。

說到移民的事，國強這才回過神來。

「下個月開始辦理。估計最快也要一年才能拿到香港身份證。」

「國強，我知道你是真心愛我的，我也真心希望與你共建家庭。我不要你的錢，二千萬留給孩子們做教育經費吧，來香港生活花費很大。」

國強從小就知道琴不貪錢。從見面到現在，已經半個多小時，國強一直覺得整過容後的琴好陌生。直到琴說出這句話才令國強對她有了親切感。

「琴，妳答應與我共同生活我固然高興。不過，以妳現在的姿色，完全可以找個比我更加優秀的男人。妳當真考慮清楚了？」

「是的，我考慮清楚了。當初若不是我任性，估計我們早就成為夫妻了。我傷害過你一次，絕不會再傷害你第二次。」說著，琴那粉嫩標致的臉龐粘上了淚水。

一直以來，國強都只為了賭氣才希望得到琴。既然琴看不起自己，總認為自己太炫富，他偏要想辦法讓琴接受自己的錢；無論自己曾經多麼地愛琴，可是這個女人就是不領情，他想，有朝一日一定要征服她得到她。可是今天再見到琴，她的態度居然大大轉變。過去的琴不愛自己，新的琴卻完全接受自己，他當然是喜出望外甚至有些受寵若驚。

情感的共鳴往往只爆發於一剎那。琴對國強態度的轉變

是真摯的，令一直以來只為了報復而得到琴的國強漸漸打消了長久埋藏心底的怨恨。男人天生比女人感性，感情上比女人脆弱，再加上國強確實喜歡琴，眼前的琴雖然樣貌不同，但確實是一名美女，有哪個男子不愛漂亮的女人。

二人坐在咖啡廳靠窗的位置，自從彼此間燃起了愛慕之情，氣氛開始溫馨。二人從兒時的趣事開始，喋喋不休地說笑著，共同計劃著未來的生活。

黃昏時分，國強提議接上琴的兒子一起晚餐。他們叫了結帳，打算離開。

六

咖啡屋對面街停泊著一輛載客的小巴，下午六點，本該是載客的黃金時段，卻掛上了「停止載客」的指示牌。司機已經觀察咖啡屋裡的一對男女良久。他手中有一張相片，相片裡一對夫婦樂融融地抱著剛出世不久的兒子。相片中的男人正是這位小巴司機，相片中的女人與咖啡屋裡坐在窗邊的女人有幾分相似，不過對面街那個女人比相片中的女人要漂亮得多。司機回想這兩年為了尋找妻兒，讓他們重新接受自己，去了戒毒中心，又戒了賭，母親把自

已唯一的物業賣掉為他清還了賭債，並租了一輛小巴謀生，希望有朝一日找到妻兒重新開始新生活。如果對面那個女人是她，和她一起有說有笑的男人就是……那他們的兒子豈不已經忘記自己的親生父親？

「不可能是她，不可能是她。母親說她毀容了，她毀容了。」司機摸著相片中那名女子的臉，並不停地喃喃自語。

終於，他想到一個辦法。他叫停一名經過的中學生，給了對方一千塊錢，叫他待咖啡屋裡的女人一出來就把相片給她。這名中學生看了看司機所指的那名坐在咖啡屋裡的漂亮婦人，又看了看司機手中的那張千元紙幣，欣然接受了這位慷慨的司機的請求。

國強和琴手拖手離開了咖啡屋，在門口，琴接過中學生遞到手中的相片，她看到相片，臉色大變，並慌張地到處張望真正送照片給她的那個人。

對面街一輛小巴啟動了，小巴司機觀察到那個漂亮女人看到相片時的表情變化，然後狠狠地踩了油門往咖啡屋的門口開過去，國強拉著渾身發抖愣愣地站在原地的琴來不及躲避，這一切發生的太快……

愛無罪

　　張博士躺在病床上，已準備好去做心臟搭橋手術，手術前應該保持心情平靜，可他內心此刻偏偏激烈鬥爭著，不是因為手術，而是在猶豫是否應該通知某人來醫院看他，正思緒萬千時連丹尼進來都未能察覺。

　　「博士，今天感覺怎樣？」

　　「哦，丹尼，你來了。」

　　丹尼見張博士神情沮喪。

　　「博士，不必擔心，以您其他方面的身體狀況做搭橋基本沒有風險。」

　　「我並非擔心手術，只是在想一些私人問題。」

　　「是什麼事讓博士煩悶，願小弟能與君分憂。」

　　博士躺在病床上，神情呆滯，沒有回應周醫生。周醫生見博士沒有反應，唯有說些無關緊要的話希望能讓病人的心情放鬆。

　　「對了，我妹妹說要來醫院看您。」

　　「你妹妹是誰？我認識嗎？」

　　「她是您的學生，周麗莎。您還記得嗎？她上過您的哲學課，剛剛大學畢業。」博士口中念念有詞，開始回憶。

「周麗莎，周麗莎。哦，我想起來了，周麗莎，她有個好友叫林敏伊，去年她們一起來上我的哲學課。」博士猶如再生，雙眼熠熠有神，頹喪全逝。

「博士好記性，我妹妹和林敏伊從小一起長大，甚少吵架，兩人好得不得了。我們家人甚至擔心兩人的性取向。」

周醫生邊說邊搖頭，無奈地苦笑。

「丹尼，你甚麼時候告訴麗莎的？她說了會來嗎？她何時來？那她來的話，林敏伊應該也會來吧？」

博士此時已判若兩人，這倒是讓周醫生放心不少，因為，手術前病人的心理與精神狀況是極之重要的。

「應該會吧，那兩個女人就像twins一樣，形影不離，麗莎知道的事，敏伊肯定也會知道。至於何時來，我還不確定，我只是告訴麗莎您今天要做手術。」

「那好，那好。丹尼，我手術要多長時間？多久可以醒？」

「手術一般不超過兩小時，麻醉看個人情況。博士，您以後可要注意保養了，心情再不可過激過昂或大喜大悲了。幸虧您這次及時入院，否則後果不堪設想。」

「謝謝你，丹尼。」

周醫生一番話，令博士心不再忐忑，他盡量恢復平

靜，他一定要讓自己手術前保持最佳狀態，以協助手術順利完成。

敏伊心裡納悶，前幾天和博士見面時他還好好的，怎麼今天麗莎哥哥就說他住院了。難道他⋯⋯敏伊不敢往下再想。下班後，她和麗莎約好在醫院門口見面，然後匆匆去超市買水果。她不知道博士何故入院，探病只有水果比較合適。

敏伊來到醫院門口時，麗莎已在等候，因商量好由敏伊備禮即可，故麗莎雙手空空。

麗莎打了電話給張博士的的主治醫生兄長丹尼，問清楚張博士住在哪間病房。

「敏伊，丹尼說張博士上午已經做完手術，現在清醒了，我們上去吧。」

「麗莎，你說博士太太會不會在上面？」

「應該會吧，病人做手術家人應該會來的。」

敏伊猶豫了，她不知該如何面對博士的太太。麗莎並不了解敏伊此時的心情，因為敏伊不像丹尼所說，任何事都會與麗莎分享。

博士躺在病床，此刻麻醉已過，手術後的容顏是蒼白的。他看見走在前面的麗莎，而一直令他魂牽夢繞的敏伊則在門口伸頭探視，不見博士的太太在場，敏伊才走進了病房。

「敏伊，妳們來了。」博士直接和後面的敏伊打招呼。

「博士，您看起來沒病嘛。太太沒來看您嗎？」麗莎笑問。

「她還在工作。」博士虛弱地說。

「丹尼說您手術很成功，很快就可以喝酒了。」

麗莎和博士對答著，敏伊站在病床邊默默地聽。每次與博士眼神觸碰，敏伊都急急躲避，卻又不知避往何處。探病時間差不多快夠鐘了，敏伊和博士始終沒有一句對話。麗莎是話匣子，她只顧說，也沒留意到他們二人間彼此的尷尬與靜默。

正當二人打算告別時，又有訪客來探病。

「做完手術了？」一把堅定沉穩的女中音從敏伊背後傳來。

這把聲音讓敏伊不寒而顫，敏伊和麗莎同時扭頭去看女中音。

一位戴黑框眼鏡，身穿職業洋裝，染成棕紅色的中短

68

髮捲成大波浪，豐茂又有層次感。敏伊和麗莎都猜到這位幹練的女士一定是博士的夫人。

「妳怎麼來了？」博士吃驚地問。

「你做手術我肯定要來。」

「妳不是說不來嗎？」博士又問。

「這兩位是……」博士夫人沒有回答博士的問題，反而問身邊兩位年輕女士的身份。

「您好，張太，我們是張博士的學生。我哥是博士的主診醫生，是他通知我們博士生病了。」

「哦，妳們好。那請問哪位是林敏伊？」

「我叫周麗莎，她是林敏伊。」麗莎嘴快，躺在床上的博士和站在一邊的敏伊好不尷尬。

而敏伊此時正站在張夫人旁邊。只聽「啪」的一聲，一記巴掌摑在了敏伊的左臉。還未待眾人反應過來，又是第二次掌摑。躺在床上的博士拼命想坐起來，站在敏伊對面的麗莎衝過來把捂著兩邊臉只顧流淚發楞的敏伊拉開。

病房一下像炸開了鍋，所有的病人和探訪者全部靜下來，看著這三女訪客一男病人。

「張太，您這是幹什麼！」麗莎訓斥。

「我在摑狐狸精，關妳什麼事！」

「妳才是狐狸精！」麗莎毫不客氣地回敬對方。

　　三人正熙攘間，護士走了過來，她看看躺在床上的張博士，趕快通知醫生來。並喝止了三個女人的吵鬧。只見博士臉嘴發紫，手捂在胸口，呼吸困難。

　　丹尼來了，馬上對博士進行搶救。

　　三個女人被趕出了病房。站在病房門口的走廊，三國鼎立般，互相瞪視。

　　「到底怎麼回事？」麗莎問張夫人。

　　「妳問妳的好同學。」張夫人依舊氣勢洶洶。

　　「敏伊，妳說。」

　　敏伊只顧抽泣，兩邊臉頰鮮紅。

　　「敏伊，妳怎麼不說話！」

　　「哼，她還有什麼話好說。勾引別人的老公，破壞別人的家庭，她好意思自己說出來嗎？」

　　「敏伊不會做這樣的事，她勾引誰家老公了？」

　　「哼，妳說呢？」張夫人擺出一副不可侵犯的樣子。

　　「敏伊，告訴我這不是真的。敏伊……」麗莎雙手放在敏伊肩膀，使勁地搖著敏伊。

　　這時，有護士出來喊：「哪位是張紀梵家屬？」

　　「我是。」張夫人驕傲地迎上前去。

　　「敏伊，到底是怎麼回事，妳快說呀？」

「我和博士在戀愛。」

「什麼時候開始的？」

「這個重要嗎？」

「妳一直都瞞著我。」

「上週我們見面，我已經提出分手了，可是博士不願意，他說要回去向太太提出離婚。」

「那妳同意了？」

「當然沒有。我阻止他，可他不聽，分開的時候，他很激動，說一定要我等他，他會盡快離婚給我一個交代。」

「林敏伊，妳怎麼可以愛上一個有婦之夫？最可恨的是，居然這麼久了我都不知道，妳還算朋友嗎！」

「愛情有罪嗎？婚姻限制了夫妻的身體行為，卻無法約束人的思想與情感。再說了，愛上有婦之夫，我也很痛苦。」說著，敏伊眼淚湧出。

「敏伊……妳說博士心臟病發是不是因為向太太提出離婚後兩人吵架……」

「我猜是。」

病房裡，博士臉色已緩和，負責搶救的醫護人員已退去，只剩下丹尼和張夫人。

博士顫顫地把氧氣罩抬起，以便說話。

「丹尼，請讓我和太太說幾句話。」

丹尼稍微猶豫，轉身吩咐張夫人：「病人不可再次激動，否則很危險。」說完，離開了病房。

在走廊，丹尼見麗莎和敏伊尚在，即迎了上去。

「麗莎，妳們剛剛在病房搞什麼，不知道病人剛做完手術嗎？」

「丹尼，我們沒有搞事，是張太太她⋯⋯」

「丹尼，張博士情況怎樣了？」敏伊急忙問。

「已經脫離危險期了，不過，病人再不⋯⋯能經受任何刺激了。」

「那就好。麗莎，我們走吧。」

敏伊拉上麗莎正要走，張夫人從病房走出來把敏伊叫住。

「妳滿意了，狐狸精。今天的事還沒完，等博士好了我們再算賬。」說完大搖大擺地與敏伊和麗莎擦身而過。

一周後，博士出院。敏伊再沒有去醫院。張夫人為博士辦理了出院手續。

博士與妻子曾在醫院協商好，待博士出院回家，二人

暫時分房睡覺。妻子欣然答應，只要不離婚，她當然願意。

回到家，博士與妻子展開歷史性的對話。

「為什麼要這樣對我？」妻子首先質問。

「妳指哪方面？」博士故意裝傻。

「這幾天她與你聯繫過嗎？」妻子明知丈夫在裝傻，不置理會，繼續追問。

張夫人自己經營一家地產中介公司，業績不錯，最近與大陸一家有實力的房地產開發公司聯手去越南搞土地開發與建設，女強人本色更加得以發揮。她知道自己忙於工作，冷落了丈夫。若不然，她絕對不會原諒丈夫的不忠。

「妳認為被人當眾奚落打罵好過嗎？」博士沒有正面回答妻子的問題，反問對方一周前在醫院發生的事。「妳也算是有頭面的人，馬上要做奶奶了，怎麼行為如此幼稚？」

「你……」妻子熟悉丈夫，說話總是拐彎抹角，含沙射影。

或許讀書人都這樣，知識越是淵博的人說話越是尖銳，帶有異於常人的風格。博士教授哲學，對於他來說，幽默＋諷刺＝哲學，這需要高度的智慧與廣袤的知識。並

非因為敏伊比妻子年輕或漂亮，博士才會鍾情於敏伊，甚至為了她而欲與相伴近三十年的妻子離婚。而是因為，妻子實在無法令博士覺得自己是個有智慧的男子。妻子做事作風直爽，表達直接，對於博士的幽默與風趣，她總覺得是矯情，時間久了，博士的幽默在妻子面前逐漸變得尖酸，成了諷刺。隨著妻子越加忙碌，二人交流越來越少，甚至一天都說不上一句話，有重要事情要交代，都以手機短信或字條留言解決。敏伊則不同，她會回應博士的幽默，即便是諷刺，她也能接住話荏，令博士得以繼續發揮和表達。與敏伊一起，博士的智慧得以彰顯，如魚得水。敏伊對博士的欣賞令博士充滿了自信。年過半百的博士，因自信而對敏伊有了性幻想與衝動，彷彿回到了年少。

「我當眾打了你的小情人，是我不對。如果有需要，我可以向她道歉。」妻子雖然沒有幽默感，可她是個誠摯正直的女人，有著強烈的是非觀。

「哦，這倒不必。」博士語氣轉而柔和。

「我們結婚快三十年了。建立一個家庭已不容易，更何況經營這麼久。大家都在付出，都在努力。我承認，近年來公司業務繁忙，冷落了你。不過，婚姻是等待大家白髮蒼蒼時依然能夠相互陪伴與攙扶的過程。到那時，夫妻才叫真正的伴侶。」

妻子一番話，令博士驚訝。沒想到一個被丈夫背叛的女人，此刻依舊能夠對婚姻持如此理智與包容的態度。

「妳不介意我背叛妳？」

「介意。不過，因為我做的不夠好，才導致你犯錯，凡事有因有果。」說到此，妻子輕嘆一聲。「自從孩子們各自成家，我們之間的話題就少了，你我各自寄情於工作。你在學校教書，自然比我輕鬆。人不能太清閒，特別是男人。我工作雖忙，少在家，可是我從未忽視過你的存在。嘴上不說，心裡卻想著。畢竟你是我丈夫。婚姻的法律責任是夫妻間共同承擔生活，但並不能約束對方感情的變化。你我年齡相若，你這般年齡的男人尚有需要。我已年過半百，何來激情。你與她的戀情，我很早就察覺到了。我原想，你也就是一時衝動……」妻子說到此，已無法繼續，她只覺得眼角發酸，喉嚨被一團氣體堵住了，無法言語。

兩人靜默著，各自心緒翻湧。

妻子說中自己的心事。博士突然感覺一直以來妻子對自己幽默式的尖酸刻薄有著無限的包容。她的精神與靈魂從未離開過丈夫，從未冷落過丈夫，只是給予了一個中年男子更加多的空間而已。敏伊的出現，暫時填補了自己的空虛，激起了慾望，令他誤認為第二春的來臨。為了敏

伊，自己向妻子提出離婚，並因為情緒過度激動而導致心臟出問題，以為會打動敏伊。卻不料經過醫院一幕，敏伊從此消失，猶如從來未曾出現在自己的生命中。而妻子卻不計前嫌每天放下工作去醫院照顧自己，東窗事發後仍舊能夠如此理智與包容。

　　想到此，博士不禁無限感慨。他握住妻子的手，哽咽著說：「還想與我共老嗎？接下的過程只有你我，直到我們老到手拖手成為真正的伴侶。」

偷來的快樂

「老婆，明天我有個聚會，想出去一下，可能在外晚餐，可以嗎？」

「你出去，孩子們的晚餐怎麼辦？」

「我出去前把飯菜做好，放進冰箱，你和孩子們回到家把飯菜拿出來加熱就可以吃了。」

「你這個月已經出去幾次了，你去幹什麼？」

「放心，就是幾個舊同學見見面聊聊天而已。」

「一個月見幾次？也不見你們讀書時關係有多好。」

馬丁與蘇珊結婚十五年，育有一子一女，因生育較晚，故馬丁年過五十，大兒子九歲，小女兒才七歲，均是需要人照顧的年齡。蘇珊曾經是馬丁的上司。公司體系龐大，二人本在不同的部門工作，毫無瓜葛，後來，因蘇珊工作表現出色，升職後，直接掌管了馬丁工作的部門。剛開始，二人並不覺得公私混淆難處理，時間長了，工作接觸多了，漸漸地，二人多了衝突。有時把工作上的衝突帶回家，把家裡的情緒帶到工作上，爭吵與矛盾不斷。

為了避免關係繼續惡化，蘇珊建議馬丁辭職，說她一個人的收入已足夠全家開支，叫馬丁在家做家庭主夫，把

孩子們照顧好，省下請菲傭的錢可以給孩子們多報幾個興趣班。

馬丁當然不願意，他在這家公司工作了超過十八年，除了與同事間相處不融洽，工作壓力並不大，也算是一份能混日子的工作。馬丁曾經想過換一份工作，不過，每次當他寫好辭職信後，妻子微笑着向他表示讚許，馬丁又馬上打消了轉工的念頭。他憎恨妻子對自己的藐視，憎恨妻子的自命不凡與自以為是。妻子在工作上確實能力比自己強，這令她升職很快。事業上的順利徹底改變了一個原本溫順的女人，更令馬丁苦惱的是，妻子不光在工作上佔了主動，連床笫之事也是她說了算。從公司到家庭，沒有一片天地、一個空間是馬丁的戰場，他活像被閹割的公雞，毫無鬥志。然這隻公雞卻不願意為自己另覓戰場，偏偏喜歡用毫無戰鬥力的架勢去與妻子周旋對抗，他知道，自己無需去鬥爭已足以激起妻子的憤怒，特別是當夫妻二人同屬一個部門後，馬丁事事表現得不慍不嗔，陽奉陰違，妻子完全拿他沒辦法。

當蘇珊把馬丁叫到辦公室並提出讓馬丁辭職的無理要求時，馬丁不慌不忙地在妻子的辦公桌對面坐下，翹起二郎腿，雙手放在大腿上，說：「我做錯了什麼？」

「你什麼也沒做錯。 不過你對公司沒有貢獻。大家都

知道，最近公司要裁員。一個對公司沒有貢獻的員工，即便沒做錯任何事，我也有理由辭退他吧？」

「妳……」馬丁沒想到妻子如此決絕，完全不念夫妻情份。「妳敢！」

「馬丁，請你尊重自己的身份，我是你上司。」

蘇珊說話毫無私情，公私分明。馬丁相信，他眼前的女上司說到做到，他不敢再去測試對方的底線。

「既然你不想我繼續做下去，那好吧，我辭職。」

「識時務。你自己提出辭職總比被公司裁掉好。我會把你的工作表現寫好一點，方便你以後去其他公司求職。」

就這樣，馬丁無奈地離開了工作了將近二十年但卻沒有為之做過超凡業績的公司，告別了一幫朝夕相對卻感情關係一般的同事。沒想到的是，一幫平日沒有交流的同事們為馬丁的離開舉辦了歡送會。馬丁知道，這不是他的面子，而是妻子的面子。

菲傭正好約滿，蘇珊辭退了她。馬丁代替了菲傭的位置。

工作了二十多年，突然不用外出上班，馬丁非常不習慣。每天一樣要早起，工作環境不同，服務對象不同，工

作性質不同，非但沒有待遇，妻子還交代每樣開支都要列出明細表，要精打細算。不用上班，馬丁每天穿著至愛的便服，腳踢拖鞋，穿梭於校車前，街市中，超市內。

以前，由於妻子太強勢，馬丁在兒女面前威信全無，一對兒女對馬丁毫不尊重。辭職後，馬丁為兒女們施展廚藝，補習，並帶他們出去郊遊，兒女們對馬丁的態度大轉變。馬丁想不到原來自己如此勝任家庭主男的角色。妻子對他的工作還算滿意，可依舊不懂溫柔。馬丁知道妻子在公司擔任舉足輕重的職務，她若不強勢，則無法管理。為了兩個孩子，馬丁從不與妻子計較，也因此，妻子得寸進尺，越發不可理喻。只要妻子在家，馬丁就沒有發言權。這樣地，馬丁的家庭成了女主外男主內。街坊鄰居時有閒言，夫婦二人聽了倒是無所謂，因為這樣的現狀是二人「協商」好的。唯兒女們不理解。爸爸初在家的幾週，兒女們倒是挺開心，有爸爸每天陪伴總比菲傭親切。而且，父母不會再因公事而吵架。時間久了，鄰里們說三道四，問女兒菲傭姐姐去哪裡了，問兒子爸爸為何不上班……似乎，做爸爸的，就應該在外掙錢。這樣的傳統社會觀念默默地影響著兒女，讓他們覺得爸爸不工作是丟臉的沒出息的不負責任的。

馬丁在家一段日子後，妻子又開始不滿。馬丁知道妻

子工作辛苦，家裡開支全部由妻子負責，妻子每月要檢查馬丁家庭開支的明細賬，這讓馬丁很是沒面子。可是，馬丁順從慣妻子，他寧願自己受委屈也不想妻子辛勞，雖然他知道妻子已經縱容到幾近野蠻的地步。

妻子放工回到家，已是吃飯時間。馬丁把做好的飯菜擺上餐桌，臉上堆了笑招呼著妻子與兒女們吃飯。

「怎麼又是蒸排骨，炒菜心，你能不能做點別的菜式？」妻子看看坐在對面尚圍著粉紅色碎花煮飯圍裙的丈夫，不滿地說。

見妻子不高興，馬丁馬上放下碗筷，臉上又堆起了笑容：「最近豬肉便宜，菜心新鮮。」

「便宜也不能天天吃這些，你懂不懂持家！」妻子放下碗筷說：「去廚房看看有什麼罐頭。」

聽妻子吩咐，馬丁慌忙走進廚房，在櫥櫃裡找到一罐豆豉鯪魚，把罐頭倒進碟中，在微波爐裡加熱。

「明天去超市買多點罐頭。你要不懂烹飪，就去書店買幾本教烹飪的書和菜譜。」妻子一如上司般，當著一對兒女的面，毫不給情面地吩咐著丈夫。

兩個孩子不敢說話，也不敢吃。

馬丁突然想起以前菲傭還在家的時候，妻子就是用這樣的語氣吩咐她做事。馬丁心裡按奈著憤怒，臉上卻一直

堆著笑。

「來來來，快吃飯，明天做別的菜吃。」說完夾了一塊豆豉鯪魚放到妻子碗裡，夾了排骨和菜心給兒女。

一頓飯勉強吃完，妻子像賭氣般，獨自吃完了一罐罐頭，其它的菜碰都沒碰。

第二天，馬丁果真去了書店，除了烹飪的書，他還帶回了幾本教授攝影的書。

那以後，馬丁的廚藝精湛了，做完家務後，除了研究每天的菜譜，還迷上了攝影，馬丁也因此而在網上結識了一幫愛好攝影的朋友，第一次結伴外出攝影后，馬丁知道，他不但找到了愛好，更找到了平衡自己的方法。

馬丁絕對不敢告訴妻子自己愛上了攝影，他用自己儲蓄的私己錢買了一套入門的攝影設備，把它藏在廚房，他知道，妻子不會進廚房，對妻子來說，進廚房似乎就降低了她的身份。每次外出攝影，他都要捏造一堆外出的藉口，約了舊同學，約了舊同事，約了什麼親戚……或許覺得自己說了謊，愧疚，回到家，他會更加努力地做好妻子吩咐的事，努力地順著妻子的意，更加遷就她。就這樣，馬丁把妻子捧到了無限高，自己則偷偷摸摸地快樂著。

在孩子們眼裡，爸爸應該是威嚴的強大的，媽媽應該是溫柔的體貼的，可是這個家庭逆轉了，看著同學們的父

母，兒女越發對自己的家庭不理解。沒有人知道，兩個孩子在這樣的環境下長大，心智的發展是否正常，不過，馬丁發現，偷來的快樂比任何快樂都有滋味，他越來越擅長家庭主男的角色，也越來越會撒謊，而妻子蘇珊則被馬丁駕在雲霧間飄飄然。

父與子（I）

　　父親每兩個月要去醫院和診所一次。菲傭不願陪他去，說他在家都不聽話，出去外面怕自己更加照顧不了他。我只好向公司請半天假陪父親去診所。

　　父親坐在輪椅上，我推著他。從土瓜灣去到旺角的診所，需要轉兩趟車才到，每次出門，父親都要扭擰，推輪椅已經不方便，時值陰雨天，地面濕滑，再加上一路塞車，提前一個半小時出門卻足足遲了四十分鐘才到。診所的護士黑著臉為我們做了登記，沒好氣地叮囑下次不要再遲到。

　　母親去世後，父親愛上了喝酒，一次喝醉，在家裡表演飛天遁地術，結果從高櫈上摔下來，喝醉酒的人身體比較重，再加上父親年事已高，摔到地面導致雙腿骨折，老人家鈣質不夠，骨折後癒合很慢，父親從此坐輪椅，一坐就是大半年。太太不願與行動不便的父親同住，我唯有把父親安置在他與母親的舊屋裡，請個菲傭照顧他。剛開始，菲傭害怕與父親獨處，父親雖年過七十，但身形依然魁梧，除了腿不方便外，無不健全。她向中介公司反映，說家中只有她與男雇主，甚是擔心自己的安危。我和太太知道，一個年輕女子，擔心的是每天廿四小時與父親共處

一室，父親可能會對她做出越軌的行為。我們了解父親，七十年的人生寫照雖不算光輝，但卻從未對女性做出過猥瑣的行為。經我和太太多番安撫，菲傭才勉強留下。試用期安全度過，父親與菲傭的相處還算平和。父親偶爾脾氣暴躁，也是因為雙腿恢復太慢無法走動的原因。

從診所出來，空中依然飄著雨粉。父親說有些餓，想吃點東西再走。他讓我推著他沿著屋簷往後面的橫街走去。在上海街與山東街交界處的一棟舊大廈，父親叫停我。

「紹輝，我們上去。」

「阿爸，你不是肚子餓嗎？」

「現在不餓了，先上去看個老朋友。」

「你有朋友住在這裡？怎麼從來沒聽你說過？」

「別問那麼多了，推我進去。」

進了電梯，父親自己按了6字樓。

出了電梯，父親猶豫了一下，似乎不太清楚朋友住在哪一個單位。

見父親因找不到朋友的住處而焦急，我急忙說：「阿爸，你有朋友電話嗎？我幫你打給他。」

父親點點頭，從上衣口袋拿出一張小紙條遞給我。我接過紙條，上面寫著：「麗霞，6835 xxxx。」

「麗霞，多土的名字！」我暗自想。

電話撥通，一個帶鄉音的女人接電話。

我叫對方等等，把電話遞給了父親。

「是麗霞嗎？我姓朱，昨天打電話和妳約好的。」

想必對方認出了父親的聲音。電梯左邊的走廊隨即傳來開門聲。

一個中年婦女，穿著像是睡衣似的花褲子走出來。

「哪位是朱先生？」那女人操帶有鄉音的廣東話問。

電梯出口就只有我和父親。我們父子同時說：「我是。」

然後，父親馬上補充：「是我打電話約妳的。紹輝，你去樓下等我吧，不會太久。」

父親叫我去樓下等，語氣略帶閃縮。我感覺事有蹊蹺，彎下腰在父親耳邊小聲說：「父親，你確定認識她？」

「放心吧，我以前來過。」

「但她好像不認識你。」

「找她的人太多了。」父親坐在輪椅裡陰陽怪氣地笑笑。

花褲子見我們交耳，看出我對坐輪椅的父親不放心，馬上說：「父子，是嗎？一起進來吧。」

於是，我推著父親跟隨花褲子進了她的住所，父親表

情尷尬。

花褲子的住所窗簾緊閉，房間亮著昏暗的紅色燈光。我很不習慣紅色的燈光，瞇起眼睛巡視這個陌生的空間。這是一個兩房一廳，客廳裝了一部閉路電視，牆身貼了碎花牆紙，所有房間的門上都貼上性感女郎的海報。不用介紹，我已猜到這是什麼地方了，隨即不再擔心父親的安危。我在客廳的沙發隨意坐下，麗霞進房間收拾了一下。父親則坐在輪椅中，忐忑不安地搓著手，對我不敢正視。我拍拍父親的肩膀，希望以此令父親明白我對他的理解。

花褲子為我倒了杯水後，就把父親推進了房間。父親隨花褲子進房，我隱約聽見二人的交談。

「你上次來好像沒有坐輪椅啊。」

「是的，喝了酒，沒站穩，把腿摔壞了。」

「那……你想我怎麼做？」

隨即聽到父親叫花褲子替他解開皮帶。

我把客廳的電視調大了音量，喝著水，看著電視，算計著時間。不到三十分鐘，父親自己推著輪椅從房間出來。氣色顯然比之前煥發，看來這花褲子功夫不錯。我問父親給錢沒有，父親點點頭。

離開時，花褲子把雙手搭在我肩膀上，捏一捏，擠眉弄眼地說：「你有空也可以來找我啊，包你滿意。」

　　見電梯裡沒人，我忍不住問父親：「阿爸，你是怎麼找到這裡的？」

　　「你媽去世後，有個老朋友見我傷心寂寞，就帶我來了這裡。不過你放心，你媽在生時我從來不曾對不起她。」父親生怕引起對母親的不敬，趕快補充：「紹輝，人到了我這個年紀，總想做一些未曾做過的事，應該算正常吧？」

　　「阿爸，我理解，偷腥和買歡是任何男子都會有的念頭……」

　　來到樓下，雨勢漸大，站在大廈的入口處，聞著雨腥，看街外人來與車往，父親對我說：「紹輝，這回真餓了，我們去吃東西。」

　　「阿爸，雨太大了，稍微等一等再走。」

　　「紹輝，你試過和爸一起淋雨嗎？」

　　我推著父親踐踏著地面的積水，向彌敦道方向走去。父親坐在輪椅上仰著頭，伸著臂，閉著眼，張著嘴，雨水「嘩嘩嘩」肆意地沖洗著我們父子。

　　到了街口，我回頭張望，山東街那座舊大廈和我們一起淋著雨，透過粗壯的雨線，我隱約看見有一扇窗戶透出昏暗的紅色燈光。

父與子（II）

母親去世後，父親甚是孤獨，相對了近五十年的老伴兒離自己而去，心情的惡劣自然是無法言喻的。母親在生時，父親的衣食起行全靠母親照料。父親比較大男人，覺得作為妻子，應該以侍候自己的丈夫為榮。只要父親回到家，母親就忙個不停。

「老婆，倒杯水給我。」

「老婆，我想吃蘋果。」

「老婆，我腰疼，來幫我捏兩下。」

「老婆，檸檬茶沒有了，超市應該還沒關門，你去幫我買一排回來吧。」

……

妹妹出世後，母親就辭去了學校的工作，全職照顧我和妹妹，當然，家裡一切以父親為主。小時候我和妹妹不懂得心疼母親，長大後，母親漸漸蒼老，父親一如故往不停使喚母親，他從不理會母親是否累了，是否不舒服。我和妹妹看不過眼，會盡量幫母親做家務。到我成家後，我時刻提醒自己絕對不要像父親一樣使喚妻子。我總覺得，要疼愛老婆，令妻子幸福妻子才會令丈夫幸運。一次，我

問父親，為何家裡有傭人還要讓母親操勞，父親說：「她是我老婆，她不侍候我難道叫其她女人侍候不成？再說，我從不溝女，有多少男人做得到？」

「阿爸，你不溝女和使喚阿媽有什麼關係？」我追問父親。這句話埋在心裡一直不敢說，小時候不及父親般高大，怕說了遭父親一頓打，如今，我和父親一般高大，自然不再害怕。

父親聽了當即語塞。

妻子分析，估計父親是覺得自己不溝女有點吃虧，所以要拼命使喚母親來平衡自己。雖然這樣的推斷有些滑稽，甚至污衊了愛情與婚姻，不過聽了也覺有些道理。妻子平時總說：「女人沒有男人，會活得很精彩，不過男人離開女人就不同了。因為男人不如女人般會照顧自己與他人。無論思想與情感，女人都比男人強大，體能雖不如男人，可是耐力卻遠勝。」聽妻子這麼說，我回想認識或聽說的男女，確實如此。一對老伴兒，大凡老婆婆先過身，苟存於世的老公公則日漸消瘦鬱鬱寡歡，甚至很快跟隨而去；要是老公公先走一步，老婆婆多數會活很久，甚至過得比以前輕鬆快樂，因為不必再為照顧他人而操勞。

正因為如此，我和妻子都比較獨立，互助但絕不依

賴。因為我們看到母親離開後父親的孤寂與無助。

母親過身後，父親判若兩人，他以前在家裡總愛呼呼喝喝的脾氣收斂了。有一次，父親喝醉酒，我把他扶上床，他拉著我的手，老淚縱橫地說：「紹輝，你媽那時會泡杯紅糖水給我喝，她說紅糖是解酒的。她要還在的話，我保證不會再使喚她！」

可惜，母親已經聽不見了！

自此，我和妻子彼此珍愛，因為不想到死才來遺憾生前沒有善待對方。

不出兩年，父親坐在輪椅上去世了。父親去世的頭兩天還對我說想去山東街找麗霞。當時我讓他打電話和麗霞先約好，我會抽時間陪同父親前往。沒想到兩天後他就不辭而別。醫生說父親是中風而死，菲傭整天躲在房間聽歌聊天，父親突然中風，她當然不會知道。我想報警，控告菲傭工作疏忽導致父親中風後沒有得到及時的搶救而死亡，可中介公司與律師都說這樣的事是意外，官司打不贏。

開始辦父親的喪事，妻子說不知父親生前還有什麼老友，希望可以通知他們。於是，我去父母的舊屋，在父親坐過的輪椅，找到他的電話並查看查看聯絡人。

「麗霞」這個名字對我來說毫不陌生！把父親朋友的

電話記錄後，我順便把麗霞的電話存進自己的電話簿，並改了個名字叫：山東（麗霞那間紅屋在山東街）。想必這個名字應該不會引起妻子的懷疑。我也不知道自己為何要這麼做，就只覺得「麗霞」除了父親和我，不能讓其他人知道。

待父親喪事辦妥，一幫朋友約我聚會。以前和朋友們聚會，他們一說起女人我就迴避，覺得這個話題帶有污穢性，朋友們都說我食古不化。自從陪伴父親去「一樓一」找鳳姐後，我開始對鳳姐產生了興趣，有了共同的話題，朋友們自然願意與我共聚。說任何年齡的男人靠下半身去思考，不全無道理。聽大家眉飛色舞地說泡妞，談性事，我想，我算是城中很規矩的中年男子了，性經驗方面，恐怕中學生都要比我強。

泡妞的方法實在太多。以前，想要和女生拖手親嘴，不知要花多少心思與金錢，再進一步想摸女孩的胸部，那可是大事。能和女孩上床有性關係的男生，可絕非佔盡天時地利人和就能得到的。現在？女人？性？一頓飯，一杯酒，一個名牌手袋，或者，一個眼神就能到手。沒辦法，女人太多，失婚婦太多，怨婦太多。大陸元素與文化的摻入，令本地薑失守陣地，加上時代的變遷。一句話：時代進步了，人類回歸原始了，性——解放了！

某夜，與妻子雲雨後，我問妻子，如果我與其她女子

性交她會否接受。妻子說，如果是給錢的，純粹是為了刺激或是生理需求，這叫買歡，只是一種交易，她可以接受，當然，最好不要讓她知道；若是與對方產生感情就絕對不可，那叫偷歡，「偷」本來就是不道德的行為；若是一夜情，也不行，因為太隨便不安全，而且一夜情會上癮。我問妻子為什麼可以接受丈夫pay for sex。她說，現在有哪個男人不「滾」，說自己不「滾」的其實「滾」得最多。妻子告訴我，女人們聚在一起，也會經常討論這些話題。大家對「滾」的認識已經習以為常了。嘴上說接受不了或禁止丈夫去「滾」的太太們，其實，要麼無奈，要麼無所謂，全部睜隻眼閉隻眼。不過嘴巴上，一定要制止丈夫越軌。

聽了妻子一番話，我暗地叫好。嘴上卻說著：「老婆大人放心，我絕對不會做對不起妳的事。」

「哼，你敢嗎？」妻子轉個身，熄了床頭燈，自顧睡去。

想不到現代主婦們的思想如此開放，我真後悔沒有早些與妻子討論這樣的話題。

要不是父親帶我去找鳳姐，要不是開始頻密地聽朋友們交流性經驗與女人話題，我恐怕一輩子都不會開口問妻子。

沒過幾天，我就打了電話給「山東」，並告訴她我姓朱，是代父親赴約的。

305房客

　　阿生約了律師，他必須要在下午三點前趕回香港，旅館最遲一點退房，他今天不打算續租了，在深圳已住了近兩個月，整天把自己關在房間裡，任何人都不見。若不是前幾天有朋友來深圳看望他，他會把自己關在這家小旅館，等待海枯石爛，直到被悶死或旅館關門大吉。

　　近來，阿生腦裡盤旋的問題只有一個：人不如物。

　　他拼命地抽煙，有時一次點燃五、六支煙塞在嘴裡吞雲吐霧。每天，當旅館的服務生為阿生清潔房間，都受不了305房惡劣的煙臭，再加上吃剩下的各種快餐飯盒的殘羹冷炙，房間散發出複雜的令人嘔心的氣味。服務生要阿生提前打開窗戶透氣最少一小時才肯進來。阿生極之不願意拉開窗簾，更莫說打開窗戶。後來，阿生嫌服務生麻煩，索性叫旅館不必每天清潔他住的房間。服務生當然願意，雖然幾天才清潔一次，阿生的房間比化糞池還要臭，可是，不必每天遭罪，加上清潔那天提前叫客人打開窗戶和門，也算可以接受。阿生出錢叫服務生把他堆在地上的髒衣服拿出去洗乾淨。服務生開始不願意，畢竟這是超出他工作範圍的事。哦，忘了說，阿生剛入住時，是女服務生，阿生要求旅館換了男服務生為他做清潔，這個服務生

就是我。

　　與305的客人見過幾次面，雖然客人不說話，可我能感覺到，這個邋遢頹廢的客人一定是受了什麼打擊。旅館的同事都不情願去接觸他，除了嫌棄他又髒又臭外，說他精神有問題，怕他發起病來打人。經理派我去他房間清潔的那天，我剛好和女朋友分手。客人開門的那一瞬，我與他四目交觸，兩雙憂鬱的瞳目相互傳遞著無法言喻的傷感。清潔完房間，客人遞給我一支煙，告訴我他叫阿生。我也向阿生介紹了自己。以後再去阿生房間做清潔，我都會在他的房間抽完一支煙再走。如此地，我與阿生在雲霧間建立了無言的情感。我每隔三天去阿生房間清潔一次，阿生習慣了我在的時候才刮鬍子，洗臉，洗澡，刷牙，剪指甲……每次我問他幾天沒刷牙了，他就豎起三根手指。一個多月後，阿生的頭髮已經長到女孩子的短髮樣式，我叫他出去剪髮，他搖搖頭，拜託我去為他買個女生用的髮箍。阿生叫我為他辦任何事都是有酬的，並非因為有錢賺我才為阿生跑腿，主要還是因為我與阿生之間那份憂傷的共鳴。

　　阿生房間的桌面有一堆外賣紙，每張紙都寫了幾個字，「人不如物」。已被阿生用了一個多月的外賣紙經已殘舊，那四個蒼涼的字寫在上面彷彿是上世紀留下的故事。阿生的事，我從不問，他也不說。總之，清潔做好，

一支煙過後，我就會離開房間，三天後又會再見。

　　一個多月靜悄悄地與我擦身而過，女友分手之痛也被時光默然帶走，毫無痛苦與掙扎。這天，我如常打電話去305房間，叫阿生先打開房間的窗戶，說我一個鐘頭後就去他房間收拾。阿生說：「你自己上來吧，我要出去一下。」

　　我忍不住問阿生去哪裡，阿生說要去見一個朋友。阿生入住以來，未曾有人找過他，這是第一次。

　　阿生離開旅館後，我去他房間，坐在椅子上獨自一人抽著孤獨的香煙，想著阿生的去向。這個訪客的來到，突然破壞了我與阿生之間無言的默契，我略有不安。一支煙過後，必須回歸我的工作，我沒有打掃房間。我交代前台小姐，讓她一見到305房客就通知我。

　　下午四時，阿生回到了旅館。我把手上的工作做好，來到305房門口，按了門鐘。阿生從門的另一邊透過貓眼看到是我，就打開了房門。我說：「先生，我現在為您打掃房間可以嗎？」

　　「是你，進來吧。」阿生示意我進去。

　　我做清潔的時候，沒見阿生洗澡洗臉刷牙，估計約朋友見面之前梳洗過了才出門的。他坐在椅子上，若有所思片刻，從襯衣口袋拿出一張紙條，按上面的號碼撥通了電

話。接電話的應該是一名律師，阿生約了對方兩天後的下午三點見面。

待我做完清潔，阿生如常遞給我一支煙。

「小周，你結婚了嗎？」默然相對近兩個月，他第一次這樣稱呼我。

「還沒有。你呢？」我沒敢叫他阿生，畢竟他是旅館的房客。

阿生聽我反問他，使勁吸了口煙，他把煙霧含在嘴裡幾秒才吐出來。

「嗯。不過，老婆跑了。」

阿生的話，並不突然，從我第一天見阿生起，就從他的眼神裡看出與我失戀近似的憂傷。

「女人！」我不屑地說，希望以此表示我的共鳴。

「她比我大兩歲，離過婚，有兩個兒子，我把他們視如己出。我們結婚半年後，她說懷孕了，把驗孕結果給我看。我當時開心的不得了。」說到此，阿生又狠狠地吸了口煙。我坐在他對面不敢說話，生怕一開口阿生的故事就會像我的女友那樣跑掉。

「小周，你看我，已是年過半百的人，突然聽說要做爸爸了，自然歡喜的不得了。為了表示我對她的寵愛，我把名下的房產以及所有存款全部轉到她的名下。沒想到，

幾天後，母子三人就失去了踪影。」

「現在找到沒有？」我在想，今天的訪客會不會是阿
生失踪的老婆。

「沒有。聽朋友說，他們去了加拿大。她叫朋友通知
我，說我住的房子現在是她名下的了，她可以隨時變賣，
要我盡快搬離。」

「她不是懷了你的孩子嗎？」

「是假的。驗孕結果不是她的，不知她從哪裡找來冒
充騙我。」

「那你沒有陪她去醫院檢查嗎？」

「我疏忽了。她說自己去看家庭醫生，反正剛懷孕，
先登記，過幾個月再去大醫院。我沒有經驗，她怎麼說就
怎麼做。」

「那，你會去加拿大找她嗎？」

「不會，找到了又能怎樣，她根本存心騙我。只是，
我苦了大半輩子，所有的積蓄全沒了，正所謂：人又老錢
又沒老婆又走路。」

我把手中煙蒂弄熄，阿生又遞給我一支，我沒有立即
點燃，只是拿在手中把玩。

「那你打算怎麼辦。」對於阿生的遭遇，我甚是同
情。

「唉！」阿生長嘆，弄熄煙蒂，隨即又點燃一支。「今天朋友來找我，說可以找律師打官司，希望可以幫到我，至少，把房子要回來。」

離開阿生的房間，我在心裡默許，但願阿生回港一切如願。

兩天後，阿生退了房。

305入住了新的房客。我每次去那個房間做清潔，都希望開門的會是阿生。

時光不停地推進，轉眼阿生離開我們旅館已經大半月，我每天繼續著我的工作我的生活。直到前台小姐告訴我305的香港房客又回來了，還是住在305號房。不待到第二天清潔時間，我就去按了305房的門鐘。

開門的果然是阿生，他剪了頭髮，面容更加消瘦，眼神和兩個月以前一樣，只是又多了幾分失落。那一剎，我幾乎想撲過去擁抱他。

阿生邀請我進了房間，我直接就問他事情辦得怎樣。

「律師說不好辦。我們是合法夫妻，我是自願把財產轉到她名下的，沒有證據證明她懷孕，更沒有證據證明她說自己懷孕是假的。」阿生說完，遞給我一支煙，我沒有接，阿生走了以後，我以為再見不到他，把煙戒了，我本

就抽煙不多，戒煙很容易，說不抽就不抽。

那天，阿生和我閒聊了一個下午，整個下午，他只抽了兩支煙。他說晚上等我下班去吃宵夜，我不好意思答應，畢竟阿生是房客。離開房間時，阿生說，和以前一樣，三天做一次清潔。我答應照辦。

故事到此，我已說不下去。我只記得，三天後我報了警，阿生的屍體被運走後，沒多久，我也辭去了旅館的工作。阿生臨死留了一張紙條給我，他把錢包僅有的幾百塊錢，一塊手錶，一部電話留給了我，另外寫了四個大字：人不如物。

阿生的離開，斷絕了我對305客房的一切眷顧。人去樓空，情堪何在。

蘋果

　　我叫歷奇，是一條哥基狗，今年三歲，男性。在家裡，我甚是得寵。主人叫我「乖仔」，他們是我的爸爸媽媽。

　　快兩歲的時候媽媽生下小主人，於是，我和小主人一起叫爸爸和媽媽。媽媽說我是哥哥，要愛護弟弟，不可以騷擾他，不可以靠近他。爸爸把弟弟和媽媽從醫院接回家，看著弟弟粉嫩的皮膚，小巧的身形，我想去舔他，媽媽見我靠近，馬上緊張地叫我走開。

　　以前我和爸爸媽媽睡一間房，他們睡床，我睡地上，每晚伴著爸爸的鼻鼾聲入睡，自從弟弟回家後，我睡覺的地方放了弟弟的床，其實，我並不介意弟弟霸占了我的地盤，我完全可以換個地方睡覺，只要和爸爸媽媽一起就好。不過，媽媽說，怕我有細菌，傳染給弟弟就不好了，如果我有細菌，他們以前為何還老和我親嘴？爸爸一貫聽媽媽的，於是，我被趕出了房間。客廳，廚房，衛生間，客房……我試過在不同地方不同角落睡覺，就是無法安眠，或許是聽不到爸爸的鼻鼾聲。於是，他們一關上睡房的門，我就在外面叫嚷，用力爪門。其實，我並不是想以吵鬧的方式讓他們妥協，實在是因為我從小就和爸爸媽媽

睡一起，如今讓我自己睡客廳，有些害怕。

　　弟弟回家後，家裡的規矩多了。以前爸爸媽媽稱呼我「乖仔」，弟弟回家後，這個稱呼給了弟弟。以前他們會和我親嘴，甚至，我伸長舌頭舔他們，他們也會很高興，從來不會覺得我有細菌不衛生，現在，他們只會親弟弟；以前爸爸打電話回家會首先問媽媽我今天過得怎樣了，自從弟弟回家後，爸爸打電話回來只會詢問弟弟的情況。媽媽對我設定了活動範圍，我不能遵守家規的時候，爸爸就會打我。爸爸可是從來沒有打過我的！

　　一切都改變了！

　　嗚嗚嗚嗚⋯⋯

　　我的心情糟透了，沒多久我就生病了。媽媽要照顧弟弟，沒有時間照顧我，爸爸白天要上班，下班回家要協助媽媽照顧弟弟。我生病了，卻沒有人知道！

　　「歷奇已經幾天不吃不喝了。」吃飯的時候媽媽對爸爸說。

　　「嗯，是喔。牠好像是瘦了。」我趴在窗台，爸爸向我瞟了一眼。

　　「歷奇可能吃弟弟的醋。」爸爸又說。

「傻狗。」媽媽這樣說。然後，爸爸和媽媽都笑了。

我病得很厲害，幾乎走不了路。媽媽原本打算像放生魚一樣放我去後山，幸而一個來家裡的阿姨說這樣對我太殘忍。她說SPCA可以收容我。我根本不知道什麼叫SPCA，不過，那個阿姨看上去不像是壞人，我也就認命了。反正爸爸媽媽不再愛我，去哪裡都一樣。就這樣，我離開了生活了三年的家，離開叫了三年的爸爸媽媽，去了SPCA。

原來，SPCA是動物收容中心，是各種被遺棄的動物的臨時庇護中心。有貓，狗，兔子，倉鼠，龍貓，烏龜，鳥類……宛如動物大本營。那裡的哥哥姐姐都是領了牌照才可以照顧像我們這樣的被遺棄動物，個個都充滿愛心。到了那裡，或許會被好心人領養。

爸爸把我送去了SPCA，中心的職員見我很是瘦弱，單獨把我安置在一個較為舒適的籠子裡。職員問爸爸我患了什麼病，如何患的病，為什麼不要我了。爸爸沒有說實話，只是說我太調皮，實在沒辦法管教我。

他離開的時候，像以前一樣，輕輕拍拍我的頭，充滿了慈愛，我隱約見他眼眶濕潤。我想舔他，想吠兩聲以示

我的悲哀，不過我已經四肢無力，只倦在籠裡，目送著他的背影離去。

經獸醫診斷，我患了抑鬱症導致厭食。中心的哥哥姐姐們每天餵我服食營養液。在他們的悉心照料下，我很快就恢復了健康。

「歷奇，你病好了？」自從我來到SPCA，這個哥哥時常來看護我，和我聊天。他告訴我，他其實很喜歡我這類品種的狗，不過女朋友不喜歡，否則，他會把我帶回家。我見過他的女朋友，在他的手機裡，他把她的相片放大給我看。相片裡的姐姐看上去很友善。不過，我不會再被人類善良的外表所矇騙。媽媽看上去也很善良，可是，自從有了弟弟以後，她就變了個人。不但對我很兇，甚至對爸爸也很兇。女人，實在是難以捉摸。

待我完全康復，我離開了護理區，被安置到開放區，與諸多的被遺棄狗狗關在一起。我左邊那隻雄性老虎狗又醜又臭，他今年六歲，在中心住了一年多，曾經兩次被遺棄，估計到現在，他對自己也都不報希望，沒有好心人會看上他。右邊是一隻雌性貴婦狗，年齡和我差不多，長得挺漂亮，聽說她這樣的品種很少被人遺棄。唉，又一個苦命種！對面籠裡住的是些大狗，有一條牧羊犬，三條金毛

尋回犬，兩條不知品種的雜種大狗，他們樣子好古怪。那些人不知是怎麼想的，允許狗狗亂交配，生些怪物出來。簡直是我們狗界的恥辱。

中心每天都會有人來物色動物，每天都會有不同的動物被新主人帶回家。我對此不感興趣！好心哥哥說，看我並不像爸爸說的那麼調皮不聽話，他把我安置在這裡，希望有好心人看中領養我。

曾經，我是多麼的受寵，曾經，我以為自己是世界上最幸運的狗狗……

一想到從前，我就忍不住想哭。原來，從天堂到地獄只有一步之差。

每次有客人來，好心哥哥都會提前通知我，叫我表現好些。不過我對這些「好心人」不感興趣。我原本是一條脆弱的狗狗，心已被傷透。我隔壁的老虎狗還在，我已漸漸習慣了他的體臭。那隻貴婦狗早已跟新主人回家，我真心希望她好運。右邊的籠新來一隻北京狗，腳瘸了，聽說是被主人打傷的。一見有人來，牠就拼命地叫嚷，我覺得奇怪，被人類虐待過，怎麼還會有想被領養的衝動。

　　唉，真是一樣糧養百樣狗！

　　這天，好心哥哥依舊提前來通知我，說有客人來中心看狗，希望我表現乖巧討好，被他領養。

　　中午，我正在午休，隔壁的北京狗突然亢奮，我猜到一定是好心哥哥說的客人來了。

　　聽到有訪客，所有的狗都武裝自己，一來對訪客好奇，二來希望脫離收容中心。

　　唯獨我無所謂。我覺得這裡挺好，有吃有住，有不同的狗狗相伴，有好心哥哥每天來與我說話，雖然沒有玩具，沒有零食，沒有沙發，沒有電視與音樂，不能出去散步，不過，生活也還算平淡。我只是一條狗，活不了太久，也沒有太多的慾望，有個安樂窩吃吃喝喝睡睡混混日子也就算了。

　　「黃先生，你喜歡什麼品種的狗？」好心哥哥問今天的訪客，他總是這樣問訪客。

　　「要看緣分。最好要乖巧聽話，服從性要高，不能太吵，沒有被虐待過。」

　　「不好意思，黃先生，我們中心的狗基本都是被遺棄的，或多或少身心都受過創傷。」

　　「我知道。」訪客簡短答覆。

狗狗們見有訪客，都處於亢奮狀態。聽訪客說話，我覺得好笑，我猜他是個性情古怪的男人。自從爸爸媽媽不再愛我，我對人類已經失去興趣。每次有訪客到我都倦縮在籠裡，不加理會，只從他們說話的語氣態度來判斷他們的性格。

「這條哥基狗挺漂亮。」訪客停在我的籠前說。「而且安靜，看上去很乖巧。」

「是的。您很有眼光。他剛來的時候患了抑鬱症，長期不睡覺不吃東西，很瘦，憔悴得可憐，外形並不討好。沒想到康復後毛色光澤了，身形圓潤了，越來越討人喜愛。

「他之前的家庭是怎樣的？」訪客問。

「普通家庭，因為沒有人照顧牠，所以送到我們中心了，原來的主人叮囑我們要為歷奇物色一個好的家庭收養牠。」

記得爸爸送我來SPCA的時候，好心哥哥問他為什麼不要我了，爸爸說了謊，說我太頑皮，不聽管教；如今，有訪客對我感興趣，好心哥哥沒有按爸爸說的話對客人說，反而說因為沒人照顧主人才把我送到SPCA的，我知道好心哥哥說謊是希望我能夠盡快離開這個收容所，可

是，我真的很喜歡留在這裡，特別是聽到他維護我的那一刻，我希望一輩子都能夠和好心哥哥在一起。

訪客問了很多關於我的問題，好心哥哥耐心地解說，並打開鐵籠，把我抱出來。訪客摸摸我的頭，其實我並不喜歡陌生人隨便摸我的頭。不過，訪客的手和爸爸的手一樣堅實。我甚是懷念爸爸，爸爸平時就喜歡這樣摸我。雖然，他再也沒有來中心看我，可我依舊懷念那個曾經溫馨的家，曾經的爸爸媽媽。於是，我沒有反抗，任由訪客在我頭頂摸來摸去。只是，他摸我的時候，我感覺不到絲毫愛意。我暗自祈禱，希望不要被他帶走。

命運總喜歡開玩笑！我被訪客帶走了。而且，我有了新名字——百佳，據說是一家大型超市的名字。我實在不喜歡自己和超市同名！

新爸爸姓黃，與新媽媽住在一間面積不大的公寓樓。唯一的女兒在親戚家裡寄住。這棟住宅不准養狗，帶我回家時，他把我預先裝進了一個大袋子裡，並為我戴上口罩，生怕我叫嚷惹起樓下管理員的不滿。新家雖不如原來的環境寬敞，不過勝在黃先生喜愛乾淨，總是把家裡收拾得整整齊齊。我回到新家時，新媽媽問黃先生為什麼要領

養狗狗。黃先生說，女兒離家後太寂寞，養條狗玩玩，解解悶。新媽媽不置可否，只是對黃先生說，她不會負責照顧我。

黃先生每天準時六點起床，二十分鐘梳洗，二十分鐘做早餐，二十分鐘吃早餐。他吃早餐的時候，會讓我也吃。他一吃完，就把我的碗一併收走。我並不是每次都能在他吃完早餐前吃完自己的狗糧，無論吃剩多少，他都會拿走。然後，他換上一件很貼身的上衣，運動褲，把我裝進袋子裡，帶我出去散步。其實也不是散步了，帶我出去主要是想讓我在外大小二便。

離開屋邨範圍，我就可以下地行走。黃先生拉著我沿人行道緩緩漫步。我不熟悉新環境，不敢隨便大小便。直到看見前方有一條松鼠狗小便，我一邊叫一邊拉著黃先生向松鼠狗快速跑去，這讓黃先生很不高興。我在松鼠狗尿過的地方尿完後，他開始嚴厲地訓斥我。說我失控，不守規矩，瘋瘋癲癲，不許我以後再拉著他向前跑。我解決完大小二便後，他就把我裝進袋子回家了。我估計在下面也就逗留了二十分鐘時間。回到家，新媽媽剛好起床。

新媽媽是個胖女人，看上去沒有黃先生年輕。她還在工作，好像在一家大型商場做清潔工。黃先生開的士，他們都出去，就只剩下我自己在家。剛開始我不習慣獨自留

在這個陌生的環境，有時會亂咬家裡的東西。黃先生很生氣，以後，他離家之前就把我綁住，繩子繫在櫃子腳，然後在我面前放一碗水，直到傍晚回家才解開我。我喝了水忍不住小便，就地解決了。黃先生回家看見櫃面的尿跡，狠狠地訓斥了我一頓。以後幾天他再出門我不會再有水喝，直到他回家。新媽媽不關心黃先生，更不會關心我。她和丈夫分開房間睡覺，她每天睡醒就出去，回到家吃完飯看一會兒電視就睡覺。我幾乎不知道她身上的味道。

記得第一天和黃先生出去散步，我在街上見到一條漂亮的松鼠狗嗎？原來，她是條母狗。後來幾天和黃先生出去，我經常可以見到她，我好想上前與她親近，不過黃先生不准。他換了一條頸帶拉我上街。只要我一往前衝，他就用力扯我，我的脖子被頸帶勒住，無法呼吸。幸而松鼠狗的女主人看見我，親切與黃先生打招呼，並稱讚我長得漂亮。那條松鼠狗伸著舌頭並對我搖尾巴。

哦，天哪，她真的好漂亮！她身上散發出陣陣蘋果的味道！蘋果可是我從小到大最愛吃的水果！自從去到SPCA，我就再沒有吃過。多麼熟悉和懷念的味道！我忍不住想撲上去。

「牠叫百佳，我姓黃。」見松鼠狗的女主人打招呼，黃先生做了自我介紹。

「GiGi，來和百佳打個招呼，親親。」

原來，她叫GiGi，好可愛的名字！

我被黃先生控制住，不得動彈。GiGi聽主人話主動上前向我示好。黃先生怕我失控，不停的拉扯頸帶，我的頸部好痛。我只好乖乖地坐著，強忍住對GiGi的衝動。

「百佳是男仔喔，男仔這麼乖很少有的。」從聲音可以分辨出，對方是個和善的女人，有點像以前的媽媽的朋友，就是建議送我去SPCA的那位。我對GiGi和她的主人極有好感。

「百佳是我剛領養回來的。誰知道他在以前的主人那裡怎麼了，肯定是不聽話才被人遺棄。所以要控制好，不能讓他放肆。」黃先生居然這樣說我，讓我在GiGi面前丟盡了臉！我真希望自己能夠開口說話，把我以前的遭遇告訴GiGi和她的主人。

接下來，這個和藹的女人與黃先生聊了些狗的基本常識。GiGi用水汪汪的大眼睛看著我，不知是對我的同情還是嘲笑。總之，在GiGi面前，我覺得自己很可憐。

自從與GiGi母女聊過天後，每次帶我出去，黃先生都會換上不同顏色的貼身上衣，看他的身形，年輕的時候應

該做過健身，現在年紀雖然大了，不過看上去總比同齡人身形要健碩，起碼，他沒有中老年人的大肚子，而且胸部肌肉依舊堅挺。

黃先生會與不同的狗主打招呼，一般出來放狗的要麼是菲傭，要麼是女主人。黃先生越來越喜歡和陌生女人聊天。幾乎大家都會稱讚我乖巧漂亮。很快地，每個狗主都知道他姓黃，每個人每條狗也都知道了我的身世。幾乎每條狗都有洋名，就我的名字最土，真沒面子！

在這條街，我覺得自己是唯一的可憐蟲。

黃先生每次與其他狗主交談的時候，都會用勁掐我的胯部讓我坐下。然後，其他狗會在我身上亂嗅一通，它們多數對我的屁屁部位感興趣，有條狗居然趁我坐在地上不得動彈，把頭伸到我的腹部，使勁地嗅我的生殖器。牠的身上有一陣強烈的臭味，和SPCA住我隔壁的老虎狗很相似的體臭。我受不了，站起來迴避，黃先生馬上訓斥我：「百佳，坐下！」。

散步，對狗狗們來說本來是一項身心愉快的戶外活動。不過對於我，只是為了解決大小二便。其次就是，我成了黃先生與人搭訕的工具。回到家，黃先生與太太沒有任何交流，他們的生活毫無樂趣，不知老夫老妻是否都這樣相處。我原以為自己的出現能夠為這個家庭帶來歡笑，

不過，我對自己的評價過高。

　　一段時間後，我漸漸熟悉了新家的家規以及黃先生的生活習慣。只要太太不在家，黃先生就會先打電話確定太太何時歸家，然後把全屋的窗戶關上窗簾拉上，把大門反鎖，他打開自己房間一個上了鎖的櫃子，從裡面拿出一堆影碟，黃先生最愛看的就是年幼或是年輕女子與年長男人性交的片段，只要熒幕出現小女孩，黃先生就開始目不轉睛，然後把褲子脫掉，站起來自瀆。我實在看不下去，躲到客廳的一角把頭埋起來佯裝睡覺。用不了太久，黃先生就發出一陣「喔——喔——喔」的呻吟聲，我抬起頭看看，這個光屁股的男人身體正在微微抽搐。黃先生真夠變態！房間裡瀰漫著精液的味道，他射精的那一刻我也會跟著緊張。我想，如果熒幕出現的是蘋果（我把那條散發著蘋果味的松鼠狗叫蘋果）或者是其牠母狗的畫面，在黃先生的帶動下，我可能也會像他那樣射精。

　　我受著軍事般的訓練和管教，這個家庭除了電視與收音機的聲音，沒有任何笑語歡聲，這樣的生活無聊透了。對我來說，最大的快樂就是每天早晚出去大小二便的時光，因為，可能會見到我的蘋果。黃先生似乎也很喜歡與蘋果的媽媽聊天。以前黃先生只會早上帶我出來，自從得

知蘋果的媽媽晚上也會出來後，黃先生晚飯後放棄了他最愛看的肥皂劇，換上各種顏色的運動風衣或是緊身T恤衫帶我出去散步。有時蘋果的媽媽會帶上她的女兒一起散步，她女兒約七、八歲的樣子。

「小妹妹，妳好可愛喔！」黃先生邊說邊拍拍小女孩的頭又摸摸她的臉。

與GiGi媽媽聊天時，黃先生總會不時摸摸女孩的臉，拉拉她的小手，拍拍他的背與頭，表現得比父女還要親暱。我突然想起在家時黃先生緊閉門戶獨自觀賞的影片，裡面有成年男子與小女孩做愛的鏡頭。我拼命的吠嚷，我想要提醒這對母女快逃，快離開這個黃叔叔，他不是好人！可是，我的叫嚷聲換來的是黃先生無情的責罵。

我每天混混沌沌地過著日子，那條街幾乎佈滿我留下的尿味。黃先生依舊和不同的狗主打招呼聊天，我們每次漫步的時間漸長，黃先生因我而結交的朋友越來越多（養狗的人估計都很寂寞）。他甚至會在街邊的長凳和我一起坐下，等待有相熟的狗主經過。我也在等，等我心愛的蘋果。

快一周沒見蘋果了。可能黃先生也察覺到。他問一個與蘋果主人較為熟絡的狗主蘋果一家的去向。原來，蘋果

隨主人搬家了！

　　黃先生得知蘋果一家搬家，顯得有些失落。畢竟，蘋果的媽媽是個漂亮的少婦，不過我想，她的女兒才是真正讓黃先生垂涎的目標。

　　蘋果走了！以後散步再也見不到她了！我再也聞不到她的體香了！

　　我該怎麼辦？我能夠忍受現在的生活全部是因為每天期待見到蘋果。如今，她走了！把我生活裡唯一的希望與樂趣一併帶走。接下來就只有和黃先生夫婦共同過著寂寞無聊生硬刻板的生活，直到我老死。

　　我每天掛念著蘋果，又開始茶飯不思。黃先生對於我情緒的轉變毫不理會，總之，到時間沒吃完或者沒吃，他就把狗糧收走。不管我精神如何，他都會按時帶我出去散步。他根本不在乎我！

　　自從得知蘋果搬家，我的抑鬱症又犯了。黃先生只會以命令的口吻叫我吃東西。我不吃，他就會威脅我說：「百佳，你不聽話我就不要你了。」

　　這幾天，我想了好多。或許飢餓的時候腦細胞特別活躍。作為一條人類的寵物狗，陪伴的大多數是寂寞的靈

魂。我多麼希望自己的出現能夠帶給主人快樂，可是，在這個新家庭，我只是一部會呼吸的機器，是一條被黃先生從SPCA拯救的可憐蟲，是黃先生與人搭訕的工具，黃先生之所以嚴厲訓練我，只是為了在樓下那些女狗主面前炫耀，他叫我坐下我必須坐下，要我伸手我必須伸手，我是一條小丑狗！除此，我的存在毫無價值。

我想念蘋果，想知道她去哪裡了，甚至有衝動想去找她。

絕食第三天的傍晚時分，黃先生回到家。他解開綁住我的繩子，這個乏味無趣又騷包的男人在我面前換上一件很薄很貼身的橘黃色T恤衫，準備帶我出去。他的乳頭又黑又大，在T恤的包裹下若隱若現，噁心死了！我真想撲上去把它們咬下來，然後吐到我的碗裡，讓它們和那些狗糧呆在一起。

待他換好衣服，正打算為我戴上狗繩，突然有人開門進來，是他女兒。

「妳怎麼回來了？」黃先生感到意外。

「回來看我媽。」沒想到他女兒對她的態度如此生硬。

黃先生放下手中的繩子。

「你媽不在家，難道妳就不想見妳老爸？」黃先生嬉皮笑臉地對女兒說，欲上前拉女兒的手。

「走開！死性不改！」黃先生被女兒大聲喝止。

「啪」的一聲，黃先生用平時自瀆的那隻手打在了女兒臉上。

「是誰把你養大的？是誰辛苦工作掙錢供你吃住，供你讀書？妳厲害了，搬出去住就可以不尊重養你的老爸啦！」

我終於明白為什麼黃先生的女兒要搬去親戚家住；

明白為什麼黃先生夫婦要分開房間睡覺；

明白為什麼黃太太睡覺要反鎖房門⋯⋯

唯一不明白的是：無法相處的夫婦為什麼還要勉強生活在一起！

黃先生的女兒打開門衝了出去。我也跟著衝了出去。

只聽見黃先生在我身後叫嚷：百佳⋯⋯回來⋯⋯你這條死狗，回來！

我一直跑，黃先生的女兒也一直跑，直到那個男人的吆喝聲完全消失⋯⋯

玩色（I）

「阿嬌係度嗎？」

阿華正專注地看著他櫃面的電視熒幕，或許太投入的原因，有客到都不知道。

「喂，華哥，我問你阿嬌有沒返工？」對方再問一次，並敲了敲阿華的櫃面。

阿華這才回過神來，並慌忙關閉電視屏幕。

「哦，李生，你來咗，唔好意思。你搵阿嬌？她有客，好快就得啦，麻煩你等陣。」

聽到阿嬌正在接客，客人似乎有些不高興。不過，他每次來都只會找阿嬌，阿嬌是他老友介紹的，據說，阿嬌的功夫在行裡數一數二，但凡找過阿嬌的客人無一不成為回頭客，李先生自然也是阿嬌的眾多回頭客裡的一名。

不出二十分鐘，阿華透過閉路電視看到阿嬌完事，客人帶著滿意的笑容與阿嬌道別，身心舒暢地離開了「麗人指壓」。

李先生是阿嬌的下一位客人。其它房間滿客，阿嬌唯有稍作歇息，待自己剛剛用過的房間清潔完畢，她即招呼李先生進去。鐘房阿華馬上又打開那間房的閉路電視，公司規定不可以偷看囡囡與客人性交的過程，否則立即開除。不過

鐘房阿華已經被囡囡阿嬌徹底迷住，他全然不顧被告發的危險，只要阿嬌一開工，他就立即打開閉路電視偷看。

客人李先生放下公事包，脫下西裝，馬上把手放到阿嬌的胸部，阿嬌故作矜持，半推半就了片刻。上一個客人，阿嬌穿了便服，聽說是李先生，阿嬌換了一套護士裙。她知道李先生喜歡護士，因為他自己是醫生。李先生對阿嬌說過，在醫院絕對不能對護士多手，否則醫職難保。而醫生的職業其實是很苦悶的，每天困在醫院裡，見各種病人，接觸各種痛苦的身體與靈魂，他們是極需要宣洩的一族。阿嬌尊重李先生，比起其他專業人士來說，李先生算是個正常的嫖客。他只是需要阿嬌假裝護士扮純情，邊拒絕邊嬌嗔。這倒是阿嬌的拿手戲。待脫了衣服，阿嬌略微圓潤的身體散發出雌性的誘惑……看著阿嬌與客人在房間嬉戲與肉搏，鐘房阿華來回搓揉着膨脹的下體。偷看阿嬌與客人做愛已經成為他的癖好，不知覺中，鐘房阿華愛上了閉路電視裡的囡囡阿嬌。

阿嬌真名並非叫阿嬌，她來見工時身份證的名字叫孟愛芳，一看就是鄉下名字。當時阿華負責見工，第一眼見孟愛芳，就覺得她長得有七分像明星阿嬌。像這樣的黃色場所，囡囡們幾乎都有藝名，孟愛芳從此成為了「麗人指壓」的阿嬌。阿嬌拿到香港身份證不到兩年就離婚了，三十

歲出頭，生過一個女兒，身形沒有大變。離婚後夫家照顧不了女兒，阿嬌唯有把女兒送回鄉下父母家。而自己則在幾個同鄉姐妹遊說下下海做性工作者，靠出賣肉體掙取女兒的撫養費。這樣的故事阿華聽說不少，來「麗人」見工的幾乎都是新移民，幾乎都是失婚婦，幾乎都生過小孩。偶爾也會有本地薑或是未曾生育的青春少艾，不過，嫖客們還是比較喜歡較為成熟身形圓潤的少婦。這些女人都缺錢，視錢如命，對於性勇於嘗試與創新，性經驗會比較豐富，夠堅韌，而且，少婦對性的渴求總是比年輕女子要強烈。這些足以滿足和慰籍來尋求刺激或性飢渴的客人們。

　　時間到，李先生很滿意地從房間出來，留下了肉金，帶著笑消失於鬧市。

　　李先生離開時，夜，才拉開序幕。香港的生活，越黑越濃烈。

　　正是吃飯時間，估計來的客人不會太多，阿華安排囡囡們分批吃飯。他把阿嬌拉到一邊。

　　「阿嬌，妳今日已做咗五客了，肚餓未？想食乜嘢？華哥請。」

　　「華哥，你好偏心，每次都只請阿嬌，當我們透明啊！」

囡囡們唧唧喳喳說個不停宣洩不滿。

「好好好，今日大家都很努力，想食乜嘢，只管講，華哥請。」

待阿華出去打電話叫外賣，一幫女人開始把話頭轉向了阿嬌。

「阿嬌，我睇華哥鍾意妳。」囡囡A說。

「係呀，我見到佢係閉路電視偷睇妳同啲客係房扑嘢。」囡囡B馬上插嘴。

「沒可能！公司規定唔可以偷睇我哋同客做嘢嘅，妳有沒睇錯啊。」阿嬌很震驚。

「係真㗎。有次妳同客入咗房，我剛剛返到公司，見到華哥坐係鐘房櫃面，眼呆呆望住電腦，成個淫樣，連我入來都唔知。」囡囡B又說。「仲有啊，妳估佢隻手做緊乜嘢？」

「做緊乜嘢？」幾個囡囡不約而同說。

「自瀆緊。」囡囡B說完即用手揞住嘴笑個不停。

其她囡囡聽了相繼笑起來。阿嬌很是尷尬。自從下定決心下海做性工作者，她一直很敬業。一心只希望能夠盡快掙夠錢，自己做點小生意，和女兒相依為命。阿嬌根本沒想到來到香港會離婚。

丈夫去湖南旅遊時雙方認識。阿嬌記得那時，她在鄉

121

下，丈夫來到阿嬌住的村見她父母，買了好多東西，還給了父母好多錢。鄉下人沒見過大場面，這個港燦一下就贏得了全家人的好感。大家都以為港燦在香港做大生意，是大老闆。殊不知待阿嬌和女兒來港後才知道，丈夫住在不到二十平米的政府廉租屋，總居住面積還不如鄉下一個飯廳那麼大。丈夫每次去鄉下看望阿嬌，都是西裝筆挺，可是到了香港，丈夫的著裝與普通的鄉下人無異，阿嬌腦海裡那位豪氣的老闆形象蕩然無存。更想不到的是，丈夫其實是失業，偶爾去朋友酒樓做替工，每月僅靠微薄的政府資助過活。阿嬌和女兒來港，丈夫馬上去政府添加了家庭成員，這樣一來，就可以每月多幾千元的綜援撫卹金，也勉強夠一家三口開支了。阿嬌住慣了鄉下的大屋，再加上臨來之前的美好憧憬一下變為泡沫，她很不習慣，開始多了頂撞多了怨氣。丈夫其實是個粗人，再加上長期獨居斗室，突然多了兩個女人，他也不習慣，阿嬌一埋怨，他就開口罵她，甚至連女兒也一併惡罵，爭吵一旦開始即無法停止，這是一種會上癮的行為，衝突與矛盾只會越演越激烈，直到演變為家暴。

　　阿嬌得知阿華的行為後，本想向老闆投訴，卻被其她囡囡勸止。阿嬌心想大家說的也對，搵食艱難，何必趕絕

對方。再說，阿華也只是偷看而已，並未對自己造成任何傷害，反而阿華在各方面對阿嬌都特別照顧。自從打消了投訴的念頭，消除了對阿華的戒心，阿嬌開始留意這個每天坐在鐘房的男子。阿華年約三十，中等身材，圓臉，大頭，長了一雙金魚眼，有人叫他阿華，有人叫他大頭華，也有人叫他大眼華，聽囡囡們說他尚單身。「麗人指壓」屬於非法經營黃色事業的場所，「指壓」的牌子也就是掛羊頭賣狗肉。警方其實是知道的，不過他們也是睜隻眼閉隻眼，像這樣的黃色場所整個油尖旺不下百家，任警方怎樣掃黃，一雞死一雞鳴。阿華是「麗人指壓」的持牌人，他與老闆有協議，一旦警方掃黃，阿華要揹上法定經營人的責任而受靶，坐監六個月至一年，幫幕後老闆頂罪的安家費大約兩萬，好多無所事事的古惑仔或是混混都願意做替死鬼，出入監獄是家常便飯。有些人受過靶後，還會回到像麗人這樣的場所做持牌，同類案件第二次受靶時間會比第一次長很多，不過他們無所謂。反正，沒有追求沒有理想沒有目標的人生，在哪裡過活都一樣。

　　阿華第一次做持牌，他以前做裝修，一次地盤意外斷了三根手指，從此轉行。「麗人指壓」的老闆認識阿華，這裡的裝修是他做的。阿華失業後，老闆就叫阿華來幫他看住這家場子。工作不算累，很適合阿華這樣的傷殘人

士。沒來「麗人」之前，阿華是這裡的常客，做得久的因因們都認識他，阿華幾乎每天都會來捧場，因因們也都喜歡做他的生意。不要以為裝修佬對女人會很粗魯，其實，出賣勞力的男人對性事基本不會變態，反而是那些提著公事包西裝骨骨戴眼鏡髮型斯文長期在冷氣環境工作的專業人士或是公司打工仔們才會玩變態的性遊戲，而且職位越高越變態。因因們笑說或許用腦比出力的職業壓力要大得多。其實也有道理，靠勞力謀生的人在工作的過程中，超過一半的壓力隨汗水排出了體外，剩下的，再找個因因發洩一下，可算是揮發的淋漓盡至了。

阿華去麗人做持牌人之後阿嬌才去到見工。從此，阿華開始垂涎阿嬌的美色，苦於大家是同事，阿華一直沒有機會捧阿嬌的場。後來，阿華發現，每次阿嬌接客，自己偷偷從閉路電視裡看她與嫖客的性交過程，他都會有種莫名的興奮與快感。慢慢，偷看阿嬌與客人性交即成為了阿華去麗人返工最大的樂趣。

一天中午，麗人來了一名黑人嫖客。阿嬌正好在電梯裡碰見他。黑人與阿嬌同時走進麗人。阿華叫黑人去小姐房選因因，黑人看看穿著黑色漁網性感絲襪的阿嬌，然後指著她說：Does she work at here?

　　阿嬌放下個人物品即帶黑人進了房間。阿華隨即打開閉路電視，他好奇黑人那傢伙長得怎麼個樣子。黑人一進房先和阿嬌來了個濕吻，然後坐到床邊，叫阿嬌跪下，拉開褲鏈就把阿嬌的頭按下去。阿嬌拒絕，她有原則，凡是要求口交的客人必須先戴上避孕套。不過黑人出手太快，而且力度強勁，阿嬌根本無法反抗。黑人陽具的長度直叫阿華乍舌，那條肉棍足足有阿華的兩倍長，非常粗壯。從閉路電視可見阿嬌勉強含進口三分一。黑人似乎不滿意阿嬌的口技，隨即把阿嬌抱起來扔到床上。阿嬌有些受驚，正想拒絕，黑人已上床把阿嬌按住，並扯爛阿嬌的漁網絲襪，脫下阿嬌的內褲，然後硬把拳頭般粗壯的陽具往阿嬌的下體塞。阿華看得一身冷汗，房間傳來一聲慘叫，是阿嬌的聲音，然後又是一聲慘叫。閉路電視裡阿嬌在痛苦地掙扎，阿華一時衝動隨手抓上手電筒衝進房間，黑人看見阿華衝進來嚇了一跳，從阿嬌身上爬了下來，攤在床上的阿嬌面色慘白，鮮血不斷從胯間滲出，阿華不暇思索掄起電筒就往黑人身上一陣亂打。

　　有人報了警，阿嬌和黑人都被送進了醫院，阿華則被扣留。阿嬌陰道口嚴重爆裂，黑人頭被打爆，縫了七針。黑人堅持起訴阿華，阿華被控傷人及非法經營黃色場所兩項罪名，坐監一年半，即時執行。因為阿華生事而令「麗

人指壓」受累，老闆本可以拒絕支付阿華安家費，不過鑑於阿華也是為了保護阿嬌才衝動，老闆網開一面，按合約付了阿華兩萬安家費。

阿華請求老闆把他的安家費交給仍躺在醫院的阿嬌。阿嬌含淚接受了阿華的心意。

在監獄的日子，阿嬌沒有去探過阿華。那段失去自由的時光，阿華日思夜想，他不明白，既然阿嬌接受了他的錢，為何不去監房探他。對阿嬌的期盼直到出獄那天斷絕。

阿華出獄後，麗人的老闆又收留了他，因為覺得阿華是個有情有意的人。阿華回到了「麗人指壓」。阿嬌已經不在麗人上鐘。與阿嬌諗熟的一名囡囡告訴阿華，阿嬌康復後，去元朗租了個地方做一樓一，自給自足。她說元朗基本都是本地客，很少鬼佬客。

阿華打算去元朗找阿嬌，不過那個囡囡勸阿華不必去找了。說愛情對於她們這種女人只是奢侈品，甚至是負擔。在監獄裡的日子，阿華日復一日地盼望著阿嬌去探監，從無限希望到失望到絕望，對阿嬌的衝動也隨著心情的平復而淡化。經囡囡一說，阿華也就打消了找阿嬌的念頭。

從此，阿華再沒有打開閉路電視偷看任何囡囡與客人做愛。

玩色（II）

夜間十一時，旺角一家冰室尚有三五檯客，一對年輕男女對坐於靠牆的一角，女子身穿校服，看上去像是中學生。她對面的男子大約二十多歲，男子和女子的膚色對比強烈，五官標致程度大相徑庭，二人相貌相印成趣。不知男子說了什麼，女孩透亮白皙的皮膚上抹了淚痕，黑長的睫毛被浸濕，粘在了一起，淚水流到下巴，積成珠狀，粒粒欲墜，在燈光的透射下閃著光。

「忠哥，還有其它方法嗎？你咁叻，識咁多人，幫我問下你嘅朋友，睇下邊個可以借到筆錢？」女孩哀求對方。

「Ivy，妳真係天真，咁大筆錢，邊個會借畀妳啊？妳憑麼嘢還先？妳仲讀緊書，就算妳讀完書出來做嘢，妳都沒可能還到六十萬啦。」叫阿忠的男子聳聳肩，他說話的時候，兩顆參差不齊的門牙一前一後地在嘴裡煽動，額頭上的暗瘡粒粒紅腫油亮，裡面的膿漿像似迫不及待想從皮下迸出的樣子。

女孩不再說話，粉嫩的纖手玩弄著擦拭過眼淚的紙巾。

「妳放心了，華哥係個好客，而且好大方。妳既然等錢使，這是唯一最快的辦法，搵得又多。」

阿忠聯繫了華哥，電話裡沒有說這次為他找的女孩是

自己的女友Ivy，他只對華哥說包他滿意。

　　阿華從事黃色事業已經十多年，從當年「麗人指壓」的持牌仔到如今自己擁有五家指壓，兩家夜總會，也算是黃色事業裡的老行尊，大家都叫他華哥。阿華已成家，太太原本做導遊，跟團旅行時認識的，回港後，二人火速結婚，並育有一子一女。阿華已很少在自己的黃色場所露面。不過，他還是改不了好色，偶爾會有相熟的馬夫或夜場經理向他介紹好貨色。處女，靚模，三線藝員，甚至過氣女明星，只要阿華覺得不錯，就會花大筆肉金去買歡。

　　經常為阿華提供服務的阿忠是新晉馬夫。他似乎摸透了華哥的喜好，每次介紹給華哥的囡囡都令他非常滿意。阿忠的女友Ivy很漂亮，白皙的皮膚就像富士山的雪，陽光下會反光，阿華第一次見阿忠的女友覺得眼熟，Ivy長得很像自己一個故人，但又想不起像誰。阿華曾開玩笑對阿忠說，如果Ivy肯做，他會付十萬肉金。阿忠的朋友都說他不知走了哪輩子狗屎運，能夠交上這麼漂亮又純情的女友，Ivy和阿忠在一起，簡直就是鮮花插錯了地方。不過，阿忠可不這麼想。阿忠透過學校的一些出來跑私鐘的學生妹認識的Ivy，Ivy很單純，而且還是處女，阿忠三兩下就把這個沒有主見感情空白的女生騙到了手。不過阿忠始終沒有與

Ivy性交，因為他一直都想遊說女友出來跑私鐘，若然Ivy肯出來賣處，自己就能大撈一筆，待Ivy破處後，阿忠再對她進行各種職業培訓，以Ivy的樣貌，絕對能夠成為高鐘妹。

Ivy繼父被診斷出肝衰竭，政府醫院換肝要等好久，繼父的病不能再拖，急需去私家醫院做換肝手術。弟弟尚年幼，母親身體不好，在香港又沒有親人，一家人的生活全靠繼父支撐，母親對此甚是焦急。Ivy的繼父平時對她很好，Ivy得知繼父的病，也很擔心，她想要為母親分擔，更想繼父能夠盡快得到醫治。不過家裡缺錢，根本無法支付繼父昂貴的醫療費用。於是，她約了男友阿忠，希望他能幫自己出出主意。只是Ivy根本沒料到馬夫阿忠一直都在打她的主意。

阿忠對華哥要價十萬，阿華說：「什麼貨色，要這麼貴！」

阿忠只是說：「華哥，係處女啊！你見到就知啦。」

阿華說：「見到唔滿意沒十萬畀。」

二人約好了時間，華哥說既然是處女，就要找間好點的酒店去銷魂。

阿忠把Ivy帶上了華哥在五星級酒店預訂的房間。在門口，阿忠交代了Ivy一番，然後不等華哥開門他就先行退

去，以免他在場大家會很尷尬。

Ivy按了門鐘。阿華打開門一看就愣住了。

「點解會係妳？」說完慌忙把Ivy拉進房間。

「妳就係果個處女？阿忠叫妳來嘅？」

「係。」Ivy細聲回答。

「係阿忠逼妳嘅？」阿華雖然一直垂涎Ivy的美色，但她是阿忠的女友，他不敢輕易亂來。

「唔係，我自願嘅。」

「點解？」阿華想知道Ivy為什麼會選擇出來做。

「屋企等錢用。」

「發生乜事了？」

「繼父患了重病，急需做手術，政府醫院等太耐，唯有去私家醫院，但係醫藥費及手術費好貴，屋企負擔唔到。阿媽又諗唔到辦法，我問阿忠借，佢話沒咁多，所以……」

「哦，我明了。我同阿忠講好十萬，妳知唔知。」

「我知，不過阿忠話行規要拆三成。」

「呢個阿忠，古惑仔沒個好人。」阿華突然覺得阿忠太卑劣，不但遊說自己女友賣身，還要在她身上榨取，毫無人性可言。

「妳繼父需要幾多錢醫病？」

「要六十萬。」

「六十萬咁多？佢係咪病？」

然後，Ivy把繼父的病情和家裡的情況如實告訴了華哥。阿華很是同情Ivy，他越看越覺得Ivy像自己一個故人，不過就是想不起是誰。

「不如咁樣，呢筆錢我畀妳，妳跟我半年，至於阿忠果度，我會另外畀佢。妳如果同意，我即刻打電話話畀阿忠知。」不知為何，阿華對Ivy有種強烈的佔有欲，這種慾望似乎從年輕時就種下了。

「不過，妳的確仲係處女？」阿華希望自己花錢物有所值。

「華哥，你放心，阿忠從來都沒同我做過，我也沒同任何人做過。」

Ivy沒想到華哥如此爽快。有六十萬，繼父可以馬上做手術，母親不必再擔心，待繼父康復後又可以擔起頭家。不過，這麼大一筆錢拿回家不知該如何向母親解釋。至於阿忠，自從他叫她出來跑鐘開始，Ivy就對他死了心。雖然阿忠是出自於私心才沒有與Ivy發生性行為，不過，Ivy內心還是感激阿忠始終保護自己的處女之身，以致自己能夠以寶貴的處女之身換取繼父的醫療費，以報答多年來繼父對自己的養育之恩。

　　那天，阿華付了十萬現金，另外開了一張支票給Ivy，說是去銀行馬上可以取到錢。他囑咐Ivy以後叫他「契爺」。

　　Ivy的繼父順利做了手術。Ivy母親問女兒哪裡來的這麼大一筆錢，Ivy撒謊說是男友向父親借的。母親說一定要當面向這位好心人道謝。Ivy無法推搪，只好問華哥可否佯裝是男友的父親，見一見母親。阿華答應了。他著實喜歡Ivy，十七歲的女孩是年輕了些，可是，和Ivy在一起，不但有種莫名的親切感，而且，阿華覺得自己比以前年輕了。

　　阿華與Ivy約好見她母親。那天，阿華刻意穿著西裝，故作斯文，希望能夠給Ivy母親留下好印象。阿華在約定的酒家坐下，開了壺茶，邊喝邊等Ivy母女。比約定時間遲了大約五分鐘，阿華看見Ivy和一名中年婦女步入酒樓。

　　Ivy的母親看上去很是面善，她越是靠近，阿華就越是心跳得厲害。

　　直到母女二人來到阿華面前，二人不約而同驚呼。

　　「阿嬌！？」

　　「阿華！？」

一輩子愛你

一

「慕華，你姐姐呢？」

「出去了。」

「她什麼時候出去的？去哪裡了」

「蕭建邦，我姐去哪里關你什麼事？你們已經分手了！」說完，對方「啪」地一聲掛上電話。

建邦的臉扭成了一團，他把電話狠狠地摔在地上。待空氣中鬱結的怨氣稍稍化開，建邦用座機撥出了一通電話。

傑奇在中環一家髮廊做資深髮型師，他沒有其他髮型師的「姐氣」，不像其他髮型師那樣裝扮標奇立異，他一身的陽光氣息，健談風趣，為客人設計髮型時，總是彬彬有禮地邊和客人交談邊優雅地舞動著手中的髮剪。因工作關係結識了客人蕭建邦後，兩人私下偶爾會有些來往。

傑奇從來沒有參加過有錢人的私人派對，他接到蕭先生的邀請上游艇參加他的私人派對，心裡自然很高興。

正值三月，天氣清涼，傑奇新買了件名牌襯衣和領帶，再穿上那套平時只有去赴宴才派上用場的西裝，把在

櫃子裡放了近一年的皮鞋拿出來，打了蠟，拋了光。臨出門口，傑奇站在穿衣鏡前仔細地端詳著鏡中人：會不會太斯文了？唉，不會的，去參加派對的全是有錢人，總不能丟蕭先生的臉！

「傑奇，今天怎麼穿的這麼嚴肅？」

只見蕭先生身穿粉紅色翻領T-恤衫，一條白色麻質休閒褲，腳踏皮質人字拖鞋從遊艇上走出來迎接，傑奇十分後悔自己的一身打扮，真想立即趕回家換一套休閒裝再出來。

建邦察覺到傑奇的尷尬，笑著拍拍傑奇的肩膀：「走，我介紹幾個朋友給你認識。這位是馬公子，這位是宋公子，還有大衛和丹尼，他們都是我的老友。」

傑奇一一和對方握手，他感覺這些人很面熟，應該都在八卦周刊上或是娛樂新聞上出現過。

「蕭公子，什麼時候換口味了？也不通知一聲？」馬公子說完，和大家一起笑了起來。依偎在馬公子旁邊的美女大概二十歲出頭，她做狀拍打馬公子的胸脯，笑著說：「怎麼，你也想你的小白臉了？」

馬公子放下手中的香檳杯，把少女擁入懷中，並在她臉上捏了一下，然後笑著說：「難道你不想他？我們一起

玩的多開心！」

大家聽後，哄然大笑。丹尼取了一杯香檳過來，他翹著尾指握住酒杯，把酒遞到傑奇面前，然後嗲聲嗲氣地說：「來，為建邦和傑奇舉杯！」喝完杯中酒，丹尼含情脈脈的看著大衛，兩人相視而笑，臉上滿佈的是戀人的甜蜜。

傑奇看著蕭先生這些朋友，他們的言談舉止令傑奇直冒冷汗。

建邦見傑奇有點不自在，隨即打圓場：「傑奇，我們走，不和這些壞人在一起。」說完，拉著傑奇離開了這堆男女。

傑奇把外衣脫下，並解開領帶，建邦叫服務生幫傑奇放好。

「蕭先生，你的朋友們真會開玩笑。」
「傑奇，不要介意，他們喝多幾杯就開始話多。」

建邦帶傑奇參觀了整隻遊艇，然後和傑奇站在船尾的甲板。傑奇倚著護攔，看著海水被馬達攪得浪花翻騰，心中不勝感觸，不禁喃喃自語：「有錢真好！」

建邦聽到傑奇的話，把手放到傑奇的肩膀對他說：

「想不想賺快錢？」

傑奇聽後心想：「這個蕭先生，不會真的喜歡上我了吧？」

以前聽人說有錢人大都生活放蕩，心理變態，現在親眼看到，果然如此。

想到這裡，傑奇不禁打了個冷噤，身體不由得往一邊挪了挪。

「放心，我不會害你的。我想你幫我辦件事，事成後，我會給你一筆重酬。」

「什麼事？」傑奇問。

建邦這才放下搭在傑奇肩膀的手。他抓住護攔，眼光投向海天交接的地方。

「我想你去追求一名富豪的大女兒，如果能夠順利完成任務，我會給你一百萬的酬金。」

「蕭先生，我沒有聽錯吧？一百萬！去追求一個富家女就可以得到一百萬？」

「是的。不過⋯⋯，」建邦冷峻地對傑奇說，並用食指戳了戳眼鏡，「我要你確定她喜歡上你以後，再把她拋棄。」

「為什麼？」

「你沒有必要知道，總之，如果你想賺這筆錢的話，就按照我說的去做，什麼都不要問。」

蕭建邦見傑奇心存疑慮，他叫傑奇回家考慮考慮。

那天晚上，傑奇輾轉反側，一百萬對於一個髮廊仔來說，不是一筆小數目。他工作這麼久，銀行存款還從來沒有超過六位數。傑奇想擁有一間屬於自己的髮型屋，如果聽從蕭先生的話，自己的夢想不是很快能實現？

哼，不就是追女孩子嘛，反正我是男人，不吃虧。

想通後，傑奇馬上致電給建邦：「蕭先生，我答應與你合作。」

「太好了！你馬上來我公司一趟，我會詳細告訴你該怎麼做。」

二

「慕萍，你到底喜歡我什麼？我沒錢，沒身份，根本配不上你！」傑奇躺在沙灘椅上，健康的膚色被陽光包裹，他頭枕著雙臂，隔著墨鏡望著湛藍的天空。

「哈哈，我就是喜歡你夠坦白。不像那些紈絝子弟，仗著家裡有錢，整天只知道吃喝玩樂，一點上進心都沒有！」慕萍此刻被太陽曬得懶懶的。

「婚姻要門當戶對，我們是不會有結果的，你父母一定會反對。」

慕萍一聽，馬上從沙灘椅上跳了起來，她趴在傑奇結實寬敞的胸膛上，柔情似水地說：

「傑奇，回到香港我就把我們的婚事告訴父母，他們如果反對，我就和你遠走高飛。諒他們也不敢把我們怎樣。」

傑奇一聽，趕快把手放在慕萍的嘴上。

「快，別這麼說，我的心好痛。」

這時，一陣清脆的笑聲從後面傳來。傑奇聽見聲音，馬上又把手收了回去。

「姐，你們到底是來度假還是來談情說愛的？」

「慕華，你換泳衣用那麼久？我們快被曬成人乾了。」傑奇聽到慕華清脆的聲音，馬上從沙灘椅上坐起來。

「未來姐夫，我也是想給你們點私人空間嘛！」慕華說著，扮了個鬼臉，並向傑奇吐吐舌頭，扭頭就走。

「姐，我要去游泳了，妳去不去？」慕華轉而對慕萍說。

「傑奇，你去嗎？」慕萍問傑奇。

「你們去游泳吧，我留下看東西。」傑奇此刻有重要的事要向蕭先生匯報。

姐妹兩人牽著手撲入澄清的海水。

岸上，傑奇的眼睛一直沒有離開妹妹慕華。趁姐妹兩人在水裡玩的開心，他撥通了香港的電話。

「蕭先生，我們現在在菲律賓，慕萍向我提出結婚了，我該怎麼辦？」

「你先答應她。」

「你不會是想讓我真的和她結婚吧？」

「怎麼？難道你不想嗎？能夠娶慕萍是你前世修來的福，你想想，他們家多有錢，你如果做了他們家的女婿，最少能夠少奮鬥二十年。」

「我……我……我不能娶慕萍。我喜歡上慕華了。這齣戲我演不下去了，每次見到慕華，我就覺得好內疚。」

「哼哼，傑奇，你真有本事。兩姐妹都逃不出你手心。當初我還真沒選錯人。」

「蕭先生，我想取消我們之間的協議，你的錢我不要了，只求你不要讓我再幹下去。」

「這怎麼行，我們簽了協議的，你要是中途放棄的話，需要賠償雙倍定金，你有錢賠嗎？」

「蕭先生，我甘願受罰。你之前給我的那些錢我原封不動全部退還給你，另外的罰金我會盡快想辦法籌備，不管你和慕萍之間有什麼私人恩怨，這趟渾水我是不願再沾了。」

「傑奇，我警告你，你不要敬酒不吃吃罰酒，如果你現在不把戲演下去的話，我就把你和我簽的協議公諸於世，到時後，看誰吃不了兜著走。」

「蕭先生，請你不要這樣，她們兩姐妹很單純也很善良，請你不要再傷害她們……」

電話兩頭一陣沉寂。未許，蕭建邦打破尷尬對傑奇好言相勸。

「傑奇，事情到了這個地步，已經很難改變了，你就繼續下去吧。只要你完成任務，我就把原定的酬勞再加倍。」

三

蕭建邦和傑奇站在1006號病房門口聽著裡面醫生和家屬的談話。

「醫生，我女兒現在情況如何？」

「病人現在很虛弱，仍處於昏迷狀態。」

「醫生，她已經躺在床上好幾天了，什麼時候才能醒？」

「病人潛意識裡不想醒，我們也沒有辦法。現在唯有觀察，家屬可以每天對她說些以往發生過的事，不過，人各有異，到底是開心的事還是傷心的事能夠喚醒病人，就要看病人自己了。你們不妨先講一些開心的事吧。」

醫生話語一停，裡面隨即傳來哭啼聲。傑奇慌忙把建邦拉到一邊。

「這下你滿意了！好端端的一個人，變成這樣！讓我去試試看能不能喚醒慕萍。」

「不行，你不能去。你的任務已經完成了。從現在起你不要再接近慕萍。剩下的錢我明天存進你的帳戶，你拿了錢有多遠走多遠！」

「可是，慕萍要是成了植物人怎麼辦？」

「這不用你操心。你是負心人，令慕萍自殺的是你，他們恨的是你。我來醫院就是要向她父母表達我的關懷，讓他們知道無論慕萍變成什麼樣，我都會無怨無悔的照顧她。」

「你！原來你處心積慮就是為了今天，你好變態！」

夜幕降臨，白天醫院的嘈雜聲與哭啼聲全都淹沒在夜

色中，一切的苦怨似乎害怕黑夜的沉寂，全都屏住了呼吸。一個黑影竄進1006房，病床上的女人，就像一隻被放了血的羊，軟綿綿的攤在那裡，瘦小的身體裹著白色的被褥，蒼白的臉龐被嘴上的氧氣罩幾乎全部罩住，手上插滿了各種顏色的線。

一名男子跪在床邊，一把抓住攤在床上的那隻乾枯的小手。

「慕萍，我再也不會讓你離開我了，我已經和你父母說好，讓你搬到我那裡去住，我會請兩個私家看護來照顧你。這樣，我們就能每天見面，我一輩子都會好好愛你！」

說完，他在那張蒼白而毫無表情的臉上一陣狂吻……

大龍鳳

一周前

艾瑪閉目躺在卡洛斯粗壯的臂彎裡，靜靜感受著卡洛斯的手指在自己曬得古銅色的肌膚上來回滑動。

「親愛的，下週公司週年誌慶，妳和我一起去吧。」

艾瑪抬起頭一臉驚訝的看著卡洛斯：「為什麼要我和妳一起去？」

「哦，是這樣的，董事長夫人說從未見過妳，是她邀請妳的。況且，我們交往兩年多了，妳從未見過我的同事，我的女神難道不想了解一下，看看我都和什麼人共事？」

「你們老闆的夫人想見我？有沒有什麼特別的目的？」艾瑪推開纏在自己身上的那隻健碩手臂，用毛毯遮住雙乳坐起來，靠在床背上。

「她會有什麼目的？拜託，不要老是用妳的職業直覺來審視別人。」卡洛斯也坐了起來，又纏住了艾瑪的胴體。

「余夫人只是想見見妳而已，妳男朋友我是董事長身邊的紅人，長得又帥，所以她想知道是哪個妖精把我降服。」

「哼，你說我是妖精！」艾瑪說完做狀要打卡洛斯，並順勢再次推開他，「我去沖涼。」

說完徑自下床向浴室走去。

「不許沖，我們還沒完呢。」

「你還不夠呀，我看你不用去公司上班了，改行吧，反正你對做愛那麼在行。」

卡洛斯也來到浴室，從背後環抱正站在洗漱台前的艾瑪。

「我在行也是因為妳，我只為我的艾瑪女神瘋狂。」

艾瑪平靜的看著鏡中這對剛脫離慾海的裸身男女，內心痛苦地掙扎著。

「妳不是總說想要為我們董事長做個獨家專訪嗎？現在機會來了。」

「他們知道我的身份嗎？」

「沒人知道，沒有徵得妳的同意我怎麼敢說？」說著，卡洛斯對著鏡子理了理捲髮。

三個月前

「艾瑪，社長找妳。」

「知道是什麼事嗎？」

「他沒說，不過看他的樣子似乎昨天和老婆吵架了。」

「知道了，謝謝妳，莎莉。」

　　艾瑪放下電話，從手袋裡拿出一面鏡子，仔細地照了照，把上班時擦的深色口紅抹掉，換了支顏色比較自然柔和的唇膏塗在雙唇上，整理頭髮和衣服後，才向社長辦公室走去。

　　社長辦公室的門沒鎖，艾瑪敲敲門，然後推開門，站在門邊。

　　「社長，您找我？」

　　「哦，艾瑪，快進來快進來。」

　　艾瑪見社長並沒有烏雲蓋頂的跡象，也隨即放鬆心情，走進去並坐下。

　　「妳最近在忙什麼案子？」

　　「還在跟進銀行洩露客人資料的案子。」

　　「哦。這個案子不用妳跟了。」

　　「為什麼？上週開會不是說這個案子很重要，一定要在本週內結案嗎？」

　　「我沒說不再繼續，只是叫妳把這個案子給其他同事跟，我這裡有個更加重要的案子要妳去完成。」

　　「社長，什麼案子那麼著急？」

　　「前不久約了台灣和大陸報社的社長們吃飯，提到一位新鮮出爐的港青，又是上市公司的主席、捐了大筆善款去內地，並在各地開辦創意學校，妳聽說過嗎？」

「聽說過，『暉東實業有限公司』的董事長，姓余，一位年輕的成功人士，最近的熱門話題人物，在工商界、政界、以及慈善領域都有一定的頭銜。」

「對，就是他！台灣和大陸分社都曾經安排人去接近他，可是都不成功。這位余董事長不願接受媒體的採訪。」

「社長，您不會是想說………」

「艾瑪，我知道妳是不會讓我失望的。」社長詭秘地說，「聽說妳男朋友在『暉東』工作？」

離開社長辦公室時，艾瑪回頭看看社長，那矮小的中年男人正輕鬆的轉著手上的筆，也不再像剛進門時般嚴肅，那張原本四方的臉放了開來，看上去比A4紙還要寬大。

艾瑪接過社長交給自己的重擔後，回到自己的辦公室就開始不停的喝咖啡。她想告訴社長，早在一年前她就有了要為這位余董事長做獨家專訪的念頭；她想告訴社長，為了要有機會做這位余董事長的專訪，她曾經多次請求男友卡洛斯為她安排卻都遭到回絕；她想告訴社長，每次自己想要從卡洛斯口中套出點這位余董事長的小道消息，他都迴避。理由是：老闆很低調，從不接受媒體的採訪！偶爾，卡洛斯也會透露一點老闆的性情與行蹤：從無緋聞，

待人親切，喜愛公益，家庭美滿幸福。喜愛運動，每週至少打三場高爾夫，每天早上堅持游泳，週六週日盡量抽時間陪伴兒女與太太，事業成功，家庭美滿，生活健康，無不良嗜好………可這些瑣碎膚淺的消息並不足以構成寫人物專訪的題材。

已是第三杯咖啡，艾瑪發了個短信給卡洛斯。

「親愛的，在忙什麼？」

艾瑪咬著筆，尋思著，和卡洛斯一起都兩年多了，每次叫他幫忙安排為余董事長做專訪，卡洛斯都是毫不考慮就回絕了。艾瑪知道這次遇到了難題，可是社長安排的工作又不能不接，更何況，社長剛剛明確表明，只要艾瑪能夠順利完成這單案子就提升她為副總編。

「晚上回家吃飯。」不見對方回信，艾瑪又給卡洛斯發了條短信。

幾分鐘過後，卡洛斯回了短信，並答應艾瑪回家吃飯。

餐桌上擺放了那對和卡洛斯去巴厘島旅遊時在烏布市場買回來的銀燭台，一束紫色薰衣草簇擁著白色的香水百合，插在兩個月前倆人從泰國帶回的白色象牙雕花花瓶裡，這個花瓶是艾瑪在曼谷一個賣二手工藝品的市場裡找

到的，雕工還算精緻，乳白色的象牙雕出了玲瓏浮透類似核桃又似花朵的圖案，並用金線勾勒，瓶口向外向下大張，瓶頸略細，瓶身飽滿盈長。艾瑪從酒櫃挑選了一瓶卡洛斯最愛的意大利紅酒，他喜歡意大利的紅酒是因為意國的紅酒歷史比法國紅酒的歷史悠久，而且味道濃郁，對於喜好吃肉又工作壓力大的人來講，絕對是不錯的選擇。

卡洛斯回了短信，說再過二十分鐘就到家。艾瑪迅速換上緊身連衣裙，她不算豐滿，運動使艾瑪的身形線條優美。看看鏡中長髮輕挽的自己，側著身拍了拍臀部，這是她最為滿意的部位，臀圍結實，微微翹起。艾瑪預先化好了淡妝，只差沒塗口紅。她從唇膏盒裡挑了一隻本季最流行的深艷紅色的唇膏，仔細地塗抹在雙唇上，她膚色健康，配艷色唇膏很適合。艾瑪的雙唇天生豐滿，卡洛斯總是取笑說和她親吻就像自己的嘴被兩條大紅腸夾住。

剛剛煎好的美國頂級肉眼扒和配菜放到全白色的盤子裡，艾瑪把精心調配的黑椒肉汁倒在容器裡，又從冰箱裡取出預先做好的蔬菜沙律，再把pasta放進烤箱。她看看時間，應該兩三分鐘內卡洛斯就會進家門。艾瑪取下圍裙，熄了客廳的吊燈，只剩下昏黃的天花槽燈，然後點上蠟燭，聽著甚有情調的英格瑪音樂，靜靜的坐在餐桌旁等待。

卡洛斯一進門，見屋中的一切，甚驚訝。

「我的女神，今天是什麼日子？」卡洛斯放下公事包，從椅子背後環抱住艾瑪。艾瑪婉爾一笑，催促卡洛斯去洗手倒酒。

「來，為了不知道為什麼。」卡洛斯舉起杯中酒。

艾瑪也舉起酒杯。「今天我升職了！」

卡洛斯吹了聲口哨，兩人乾了杯中酒。

艾瑪吃素，所以每次做pasta，她總是把肉醬單獨上。今天準備得有點匆忙，忘記給卡洛斯炸點蒜片，卡洛斯絕對不會計較，對於晚餐，他經已非常滿意。

卡洛斯和艾瑪在一次公司的新聞發布會上認識。公司每次有這樣的工作，余董事長都安排卡洛斯去見媒體，他總是對卡洛斯說：「卡洛斯，我太太說你長了一張英俊的臉，不要浪費上天對你的恩賜！」

卡洛斯對艾瑪基本上是一見鍾情。兩年前公司開新聞發佈會，當時艾瑪身穿一套白色西裝裙，古銅色的皮膚在白色套裙的襯托下顯得特別突出，艾瑪把一頭黝黑的秀髮簡單的盤了個髻，臉上化了淡妝，一副大黑框眼鏡遮了大半個臉，當艾瑪帶著攝像師拿著話筒走近卡洛斯的時候，卡洛斯盯著艾瑪鏡框下那雙豐唇，久久無語。艾瑪是個很奇怪的女孩子，她本人的膚色偏黑，但她穿的用的包括開

的車家裡的家具床飾基本全是白色的。置身於艾瑪的世界，用她本人的話來說就是：放在雪地裡的巧克力。

剛開始交往時，卡洛斯覺得艾瑪是一個時代女性，對於工作一絲不苟，對於生活熱情灑脫，雖不算貌美，但勝在性感，感性，氣質獨特。

二人火速同居後，卡洛斯又發現，原來艾瑪是一個廚藝了得喜愛整潔又會幹家務的小女人。而更讓卡洛斯動心的是，每次和艾瑪做愛，自己如馳騁在大草原的野馬，盡情奔放欲罷不能！只有艾瑪這片草原能讓卡洛斯把最原始的自我釋放，把卡洛斯每天的壓力抽離，把他帶到無極的境界。在卡洛斯眼裡，艾瑪是他的女神。

兩張俊臉在燭光中相印，屋中的每個角落都傾瀉了愛意。音樂醉了，蠟燭醉了，窗簾醉了，夜色醉了……艾瑪雖不忘社長今天交代的工作，但也不忍破壞氣氛，飯間沒有向卡洛斯提出任何要求。工作的壓力令此刻的艾瑪不如卡洛斯如斯沉浸，但也極其享受這份濃濃的痴與醉。

艾瑪知道，無論如何一定要把社長安排的工作完成，艾瑪是這樣的，任何情況下都清楚自己應該幹什麼。

飯後，這對戀人在沙發相擁而坐。

「妳升到什麼職位了？」

「副總編。」

「那要恭喜妳了，有些記者奮鬥七、八年都無法坐到這個位置。」

「還沒正式升職呢，社長有條件。」

「什麼條件？難道他要妳答應做他女朋友才肯把副總編的位子給妳？」

「只有你才會這樣對我！」。

艾瑪撒嬌，正想說出社長今天交給她的任務，卡洛斯打斷了她。

「艾瑪，嫁給我吧。」

「你這算是求婚嗎？」

「嗯……這次不算，下次買了戒指再正式向你求婚。」見艾瑪露出難相，卡洛斯唯有自圓其說。

此夜，艾瑪醞釀了一天的那番話始終無法說出口。

卡洛斯希望盡快與艾瑪結婚，這樣，他就有藉口擺脫某人的糾纏。卡洛斯不能直接拒絕某人，是因為某人對他事業有極大的幫助，他希望盡快賺夠買房的錢，然後正式向艾瑪求婚。香港樓價高，如果不走捷徑，以他一個打工仔，何時才能儲到首期供一套房子，即便是一室一廳的蝸居恐怕也要十年八年。他真心愛艾瑪，他不能讓艾瑪嫁給

他還住在出租屋，艾瑪並非貪錢，可是，女人總是需要適當的金錢與物質才有安全感，這一點還是某人提醒卡洛斯的。正如董事長夫人所說，卡洛斯長相俊美，如不充分利用，豈不暴殄天物。

卡洛斯出身清貧，父母文化不高，在屋邨長大的他從小立志要離開低下層的生活環境，自尊心倒也成了動力，使得卡洛斯發奮學習。從小學至大學，卡洛斯都被冠以美男子、校草的名譽，女孩子們一見他出現便蜂擁而上。卡洛斯並不為自己的外貌而驕傲忘形，只顧埋頭讀書，極少的社交生活使得他性格靦腆。大學畢業後，卡洛斯在一家公司實習了三年，攢下一筆錢，再向政府貸款去了歐洲繼續深造。那年他二十七歲，適逢香港「暉東實業有限公司」某人去歐洲參加商業洽談，某人不懂法文，經中介介紹在當地找香港留學生做翻譯，卡洛斯因此而與「暉東」結緣。學業完成後，卡洛斯直接被「暉東」聘請，一幹就是五年，而這五年間，卡洛斯能夠平步青雲，某人的幫助是必不可少的。

今天

洲際酒店的宴會廳在舉辦「暉東實業有限公司」十五週年誌慶。公司體系龐大業務繁多，除了平時參與開董事

會的要職人員外，很多部門的主管們各忙各的，有些外地分公司的同事一年都見不到一次面，老闆吩咐卡洛斯今天代表他履行主人家的義務。卡洛斯在場內四處穿梭，除了和少見面或未見過面的主管與員工打招呼外，他還要適當應酬記者們的問答。

酒會即將開始，卡洛斯看看錶，艾瑪答應他會向社長請假，並於四點左右趕過來。可現在已經近五點，伊人仍未出現。

「卡洛斯，昨天結婚的新郎新娘忘了把它們帶走，你們也忘了拆？」

在場中偶碰到董事長夫人，她指著會場中間的兩條用紙糊成的纏了龍鳳圖案的高大圓柱詢問卡洛斯。

「余夫人，這是老闆叫酒店保留的。」

余夫人聳聳肩，卡洛斯隱隱聽到對方說：「哼，變態。」

余夫人又詢問艾瑪何時會到，卡洛斯雖然自信笑答「艾瑪快到了」，可實際上，卡洛斯並不確定艾瑪是否快到了。因為艾瑪實在是個特別的女人，她的行蹤與決定永遠是不定性的，而且，她最近總是突然說要加班。卡洛斯站在會場門口的弧形樓梯向下張望，音樂響起，來賓們翩翩起舞。卡洛斯撥打艾瑪的電話，無人接聽。他唯有回到現場，余董事長

尚未到，他必須協助余夫人主持大局。

　　卡洛斯此刻的心情是歡喜的，是激動的。以前艾瑪每次提出想為余董事長做專訪，卡洛斯都會阻止，因為某人不同意。他知道艾瑪為了此事一直不開心，可艾瑪又怎會知道他的苦衷。今天，艾瑪獲余夫人邀請參加宴會，意味著卡洛斯不但可以達成艾瑪的心願，並即將擺脫某人的束縛。

下午4點

　　西貢郊區的一棟獨立別墅守衛森嚴，樓上傳來陣陣男子的尖叫聲，那叫聲肆無忌憚，撕心裂肺，咋聽來淒慘無比，可再聽下去，是宣洩，是憤怒，是孤獨，是力量，甚至矯情。

　　一杯茶的功夫，叫聲停止。剛剛被慘叫聲包裹的別墅陰森愁楚，樓下的守衛們鬆了口氣，不約而同地交換眼神，並挪挪腳換了個站立的姿勢。

　　房間是純粹的英式裝修，碎花的窗簾，白色木腳線圈隔著奶黃色的牆漆，一張梳妝台，一個衣櫃，一張床，一套茶几和兩張白色藤椅，所有的家具均是白色楓木而製並做了白色裂紋漆，做工精細，櫃門鏤了花，地板鋪了30cm×30cm的咖啡色裂紋復古地板磚，天花沒有吊頂，只安了一盞古樸的碎花圖案燈罩的吊燈，king size的大床

罩著淺綠色的床上用品，四條羅馬式白色床柱刻滿浮雕的圖案。鄉村味濃厚，簡約而淳樸。床尾深綠色絲絨躺椅上有一條橘紅色的女式晚禮服和一個淺綠色的女式手提包，地上是一雙淺綠色高跟鞋。一男子赤裸裸地面向牆壁跪在床頭，雙手被銬在兩根床柱上，男人剛被鞭打過，一條條殷紅的鞭痕印在背部，有幾條鞭痕血肉綻開，並滲出血水。一貓女郎打扮戴了黑色皮眼罩的女子，靠著床坐在地上，面向著窗，緊握一條黑色皮鞭，雙臂微微發著抖。男人輕輕呻吟了一聲，貓女郎嘴角牽起輕蔑，雙眼時而堅定時而迷茫。這對男女和屋內的氛圍顯得格格不入。

「幾點了？」男子發話。

女子轉身，從手包裡拿出電話，電話被設置成靜音，打開一看，有近十撥未接電話，兩撥公司來電，其餘全是男友來電。

「已經快五點了。」

「快五點了？」男子驚呼：「快把我放下。」

女子迅速打開綁住男子雙手的手銬，可能掙扎過的原因，男子手腕被勒了一圈紅印。女子從梳妝檯取出一盒創可貼貼滿男子背後的傷痕處以防止血水滲出襯衣，又用遮瑕膏塗抹男子手腕的紅色勒痕，最後從衣櫥取出掛得整整齊齊的黑色晚禮服，為男子穿上。

「妳今天有什麼安排？」男子邊扣上精緻的袖口鈕邊問女子。

「我受邀去參加一個宴會，已經遲到了。」

「哦，不好意思，今天讓妳辛苦了，不過妳今天的表現很激烈，我喜歡。」男子說著吻了女子前額。「我有急事先走了，妳去哪裡叫司機送妳。下次也要這樣表現，寶貝。」

下午5點

卡洛斯在會場忙得不可開交。舞會已開始，董事長未到，艾瑪未到。余夫人表現一直很鎮定。此刻，一西裝男走過來在余夫人耳邊說了幾句話，余夫人微笑著點點頭，西裝男走開後，她叫樂隊準備了一首自己最愛的藍調：「If I Ain't Got You.」

音樂奏起，余夫人面帶微笑端著酒杯，看著舞池中的賓客們，猶如一條條彩色的鳳尾魚滑入舞池，翩翩起舞。

正當余夫人陶醉於音樂中，一隻寬大厚實的手掌輕放她的肩上：「夫人，賞臉跳隻舞吧？」

這位高貴優雅的女士知道丈夫來了。她莞爾一笑，隨即與丈夫步入舞池。余夫人把右手輕輕地放在丈夫背上，似乎摸到丈夫背上貼了什麼，被太太碰到身體時余董事長

156

倒吸口氣並微微蹙了下眉頭。

「丹尼爾，今天順利嗎？」

「還好。妳呢，祖安娜？」

「我也很好。」

二人只做了簡短的交談與問候，固中含義無人知曉。

余夫人面帶高貴的微笑，余董事長穩重鎮定。

一曲完畢，卡洛斯敲響了酒杯，宴會司儀步上舞台，宣布：「暉東實業有限公司十五週年誌慶正式開始。請余暉東余董事長為我們致辭。」。

台下掌聲四起，余董事長上台做了簡短的致辭。突然，正在致辭的余董事長停了下來，驚訝地看著宴會入口處，並輕呼一聲：「席琳娜？」

所有人都轉過身來朝著董事長的目光望去。只見一名身穿橘紅色本季流行橡筋修身連衣A字裙，手提淺綠色clutch，腳踩淺綠色高跟鞋，頭髮在腦後扎了個精緻的馬尾，膚色健康的性感女郎緩緩步入了宴會廳。余董事長不愧是成功的生意人，停頓只數秒的時間，即緩過神來，並完成了致辭。

卡洛斯急急向女郎迎去。

「艾瑪，妳怎麼才來。」

未等艾瑪回答，卡洛斯又說：「算了算了，能來就

好！」

　　說完，卡洛斯拉著艾瑪向董事長夫婦走去。

　　「余董事長，余夫人，這是我未婚妻，艾瑪。」

　　余董事長已經恢復了平靜。

　　「卡洛斯，你有這麼嬌媚的未婚妻，怎麼不早點帶出來讓我們認識？」

　　「余夫人，其實我早就想帶艾瑪出來了，只是鑑於她的身份，不方便。」說著，卡洛斯不由得看了看董事長，見對方表情無異。又看看，艾瑪，見艾瑪也沒有任何不悅，才放下心來。

　　「那請問艾瑪做盛行？」

　　「我是記者。」

　　「她是記者。」

　　艾瑪和卡洛斯同時說。

　　聽到「記者」兩字，余董事長手中的酒杯微微晃動了一下。

　　一輪介紹後，有賓客上前打招呼，拉著董事長和卡洛斯向另外一堆人群走去，那些是暉東請來的生意夥伴。

　　只剩下艾瑪與余夫人相對。

　　「余夫人，謝謝您的邀請。」

　　「叫我祖安娜吧，艾瑪。」祖安娜親切地對艾瑪說：

「艾瑪，妳是記者？」

「是的。祖安娜，我是記者。」

「妳想採訪我丈夫？」

余夫人如此唐突的問題令艾瑪不知該如何作答。

「很多記者都想採訪丹尼爾，不過，他為人低調，不願曝光。」

艾瑪默然。

「關於丹尼爾的訪問，由他人引述可以嗎？」

「可以，不過要看是什麼人，和余董事長的關係是什麼。」

「他太太可以嗎？」

「余夫人，您是說您來幫余董事長做專訪？」

「是的，我不是他的直系親屬嗎？」

「余夫人，我看還是徵得當事人同意比較好。」

「叫我祖安娜。」

「是的，祖安娜，還是先問問余董事長吧。」

「不必問了。」說完，祖安娜拉上艾瑪向酒店為她專備的私人化妝間走去。

艾瑪被余夫人拉著急速地走著，她回頭尋找卡洛斯，卻與余董事長的眼神相碰。

　　化妝間一名男子西裝筆挺地站立著，見余夫人拉著一位穿橘紅色晚裝的女郎進來，即把一個大信封交給余夫人，並在余夫人耳邊說了幾句話，然後大步離去。余夫人交代他站在門口，不要讓任何人進來打擾她和艾瑪。

　　艾瑪此時心裡很慌很亂，雖然宴會將見面的人物都在她的掌握中，可此刻的突變是她無法預見的。

　　余夫人把大信封放在房中的一張小型會議桌，徑自坐下。艾瑪站在圓桌邊不知該如何是好。

　　片刻的靜默足以糜爛時空，摧殘歲月，凋零人心。

　　「艾瑪……」余夫人欲言又止，猶豫了片刻，仍不知該如何把話說下去，索性把大信封從桌面推給艾瑪：「妳自己看吧。」

　　艾瑪看著對方，余夫人看似惱怒又似失望甚至絕望，由於對方舉止甚優雅，或者說，對方是一個高水準的戲子，總之，艾瑪猜不透眼前這個貴婦。

　　艾瑪拿起信封，猶豫着是否應該打開。

　　「打開，看吧！」余夫人加重了語氣，那聲音不響亮，卻極有威力。

　　艾瑪急忙打開信封。

　　裡面全是相片。

　　一個戴著眼罩身穿護士裝的女子手持針筒在為一裸男

做靜脈注射；一名戴著眼罩火紅性感打扮的女子往綁在床上的裸男身上滴蠟；一名戴著眼罩貓女郎打扮的女子手持長鞭在鞭打被拷在床上的裸男；兩裸男相擁相吻；兩裸男在互相吸允對方的陽具；兩裸男在激烈地肛交……

相片淫穢不堪，與背景純樸的英式鄉村裝飾格格不入，看著相片，艾瑪猶如身臨其境。而相中那兩個裸男是艾瑪熟悉的也是令艾瑪極為震撼的。

「丁小姐，相中的人物妳都認識吧？」

此刻，余夫人改口，直呼艾瑪的姓氏。

艾瑪做記者多年，不用余夫人解釋她已猜到余夫人請了私家偵探查自己的丈夫。有錢人的家庭請私家偵探是常有的事。

余夫人的問題，顯然是多餘的。艾瑪雖然身經百戰，經歷不少激烈場面，可一旦她成了被爆料的主角，反而語塞。

「丁小姐，相中那名男子你也該認得吧？」說著，向兩個裸男中一名較年輕身材高大健碩，頭髮略微捲曲輪廓分明的美男子瞄去。

此男與艾瑪朝夕相對兩年多，那張俊臉上的每顆痣艾瑪都是熟悉的。

最近三個月，艾瑪身心備受煎熬，覺得自己對不起卡

洛斯，特別是當卡洛斯深情求婚的那一刻，更加令她慚愧無比。為了工作，她不甘冒險令自己陷入了困局，可每次，當她被喚去揮灑著皮鞭盡情鞭打的時候，她的內心是如此的釋放，床上那男人不知是痛苦的、享受的、怨恨的還是孤獨的呻吟聲伴著鞭打皮膚的聲音，這些，都讓艾瑪亢奮，而且比和男友的性交更能讓艾瑪得到滿足。

「丁小姐，」余夫人見艾瑪始終沉默，又繼續問：「丁小姐，你是何時怎樣認識丹尼爾的？」

聽余夫人問，艾瑪陷入自己的回憶中。

三個月前，社長任命艾瑪去跟進「暉東實業有限公司」余董事長的專訪。為了接近這位被訪對象，艾瑪哀求男友多次均被拒絕。她正苦於無計可施之時，機會來了。

那天，艾瑪尚在報社改稿，接到卡洛斯的來電，說他正在陪公司的客戶吃飯，今天不舒服，可老闆又委命他飯後陪賓客到ＸＸ夜總會消遣。向艾瑪抱怨一通後，卡洛斯掛上電話。不到十分鐘，卡洛斯又來電，他說老闆見他不舒服批准他回家休息。艾瑪馬上問男友誰陪賓客去夜總會消遣，卡洛斯說老闆自己陪。

放下電話，艾瑪迅速收拾桌面。她知道這是接近「暉

「東」老闆的最好時機。艾瑪報社離目標即將光顧的地方不遠，她驅車去到灣仔ＸＸ夜總會附近，在路邊停下。從卡洛斯的最後來電及他吃飯的地方，艾瑪推算她應該比目標提前來到。於是，艾瑪坐在車中靜候。大約三十分鐘，一輛白色豐田七人車在夜總會門口停下，車上下來五個中、青男子，艾瑪認出，其中一名中年男子就是她今晚要見的男主角。

艾瑪隨即撥了電話回家，確定卡洛斯已到家中，電話中表達了對男友的關心，並告訴男友今晚要趕稿，估計會很晚才能回家，叫對方早點休息不必等了。卡洛斯沒有絲毫懷疑，自從認識艾瑪，他對艾瑪的工作越來越了解，記者的工作是不固定的，也是晝夜不分的。

艾瑪泊好車，打了電話給一個中學同學，正好他是這家夜總會的經理。不久，一男子從那個光線昏暗的極樂世界走出來把艾瑪帶了進去。

男子把艾瑪介紹給一個很瘦的中年女人。

「瑪麗媽，這是我的中學同學，她來見工，把她安排給余老闆吧，他喜歡新人。」

男子說完對艾瑪耳語一番：「不用擔心，我會在外面留意妳，妳自己小心點。」

「瑪麗媽，我同學就交給妳了，還請多加照顧。」男子說完拍拍艾瑪的肩膀，便離去。

瑪麗媽對艾瑪一番打量。

「妳以前做過小姐嗎？」

「沒有。」

「會喝酒嗎？」

「會。」

「會唱歌嗎？」

「會。」

「會跳舞嗎？」

「會。」

「會玩骰盅嗎？」

「不太會。」

「你有藝名嗎？」

「什麼藝名？」

「我看妳也像是白天有份正職的女孩，我們這裡好多像你一樣的OL，白天一個稱呼，晚上一個稱呼，OL在夜總會工作用真名總是不便的。」

「哦，那就叫我席琳娜吧。」

「好的，席琳娜。我現在帶你去18號房，你要接待的客人是一家上市公司的董事長，不能怠慢。他負責玩骰盅，如果輸了，妳負責替他喝酒，明白嗎？」

「明白。」

「除了這身便裝，妳還有其他衣服嗎？」

「有，沒帶來。」

「算了算了，幸虧余老闆不喜歡濃妝豔抹，幸虧妳的身材樣貌也還可以……」

瑪麗媽一路嘀咕拉著艾瑪向18號房走去。

艾瑪略微緊張，喬裝夜總會小姐去取素材自她做記者以來還是第一次。

18號房坐著剛剛從七人車裡下來的那五個男人，除了艾瑪的目標外，其他四名男子經已全部有女子陪坐。瑪麗媽把艾瑪推到余老闆身邊坐下。

「余老闆，這是席琳娜，第一天返工，比較害羞，不懂得這裡規矩，還望余老闆多多調教。」

余老闆看看「席琳娜」，此女膚色健康，長髮黝黑，窄身小喇叭牛仔褲把完美的身形表露無遺。「席琳娜」上身穿了一件藍色立領開胸條紋襯衣，雖不算豐滿，卻與下身很是協調，斯文中透出一股野性美。余老闆沒有拒絕瑪麗媽，徑自倒了杯酒給「席琳娜」。

「會喝酒吧？」不待「席琳娜」回答，便把紅酒杯遞了過去。

那晚「席琳娜」喝了很多，她一直找不到機會向對方表明身份。余老闆玩得很開心，瑪麗媽估計他喜歡像「席

琳娜」般的女子。

臨晨2點，一眾賓客才離開夜總會。

「有誰想去吃宵夜？」余老闆問。

四位賓客都醉了，摟著美女露出遲鈍的淫笑。他們急著去酒店銷魂，哪裡還顧得上吃。不等公司的車來接，已紛紛鑽進的士，各自奔向溫柔鄉。留下余老闆和「席琳娜」站在街口。

「席琳娜，妳願意陪我去吃點東西嗎？」

「席琳娜」猶豫，她不知此刻如果「客人」提出過分的要求該怎麼辦。

余老闆以為「席琳娜」膽怯，即補充：「靚女，放心，我只對食物有興趣，不會吃了妳。」

排除了風險與危機，「席琳娜」當然希望繼續與「客人」接觸。

二人坐上余老闆的七人車。

「老闆，我們去哪裡吃宵夜？」

「很快妳就知道了。」

車一路向太平山頂方向駛去。中途，在一家通宵營業的便利店門口停下來，司機提著個保溫壺進去買東西，出來時，手上捧著兩碗即食麵，他把即食麵和保溫壺遞給老闆。

「不著急吃，我們去到山頂再泡麵。」

　　凌晨二點的山頂，靜謐，微風徐吹，城市掙扎著相繼入睡。星河與樓海相連，星光與燈火相映，乍看，自然之光不及人造之光璀璨。

　　余老闆和「席琳娜」下車。

　　余老闆遞給「席琳娜」一碗已注入開水的泡麵。

　　「靚女，不會嫌棄吧？」

　　「席琳娜」搖搖頭。

　　「說說妳為何要來夜總會做小姐。」余老闆單刀直入。

　　「老闆，其實我……」艾瑪停了停，心想，如果此刻暴露了身份，恐怕對方會直接回絕，今天的努力就全泡湯了。

　　「家庭環境不好，想多賺點錢養家，想賺錢去留學，去進修……」

　　「都這麼說。」

　　不等「席琳娜」說完，對方就搶了話頭，余老闆並不滿意「席琳娜」的回答。

　　「你喜歡運動嗎？」

　　「喜歡。」

　　余老闆再次打量「席琳娜」。

　　「我看妳挺結實。妳有興趣多賺點外快嗎？」

　　「席琳娜」聽了一陣寒意無端襲起。

「老闆，您是什麼意思？」

「是這樣的，我喜歡痛苦的感覺。」說到此，余老闆停下來。

「席琳娜」對「痛苦的感覺」甚有興趣。可對方說到這裡就不再說了。兩人默默地吃著泡麵。見二人吃完，司機跑過來遞了兩瓶水並把垃圾扔掉。

「妳知道我是誰嗎？」

「你是余老闆。」

「我在哪裡工作妳知道嗎？」

「不知道。」

「妳白天是什麼工作。」

「辦公室文員。」

問了一些基本的問題後，余老闆緩和了語氣。

「我說的痛苦的感覺，是指我自己，我會準備好一切能讓我痛苦的道具，由妳來操作，我何時想痛苦會通知妳，安排司機接你去我的別墅。」

聽到別墅，「席琳娜」又皺了皺眉頭。

「每次讓我痛苦的報酬將會相當於妳工作兩個月的人工，怎麼樣？」

余老闆說話乾淨利落，讓人沒有討價還價的餘地，也不理會對方的反應。

「席琳娜」接受了這份撈外快的工作。艾瑪當然是高興的，又是期盼的，這個約定具有神秘感與使命感，刺激而且極具挑戰性，不入虎穴焉得虎子，艾瑪相信，「別墅」是她了解目標的關鍵，那裡藏了很多秘密……

下午6點

化妝間，兩個女人正僵持著，門口傳來爭執聲，隨後余董事長和卡洛斯破門而入。

「祖安娜，妳……席琳娜，妳們……」

「丹尼爾，你還不明白，她不叫席琳娜，丁小姐是記者，真名叫艾瑪，是你的愛將卡洛斯的未婚妻。丁小姐，丹尼爾五年前在法國遇到卡洛斯，後來又安排他來公司，一個工作經驗不足的年輕人能夠平步青雲，妳難道不覺得奇怪，他們中間的貓膩妳現在該明白了吧？」

余夫人說話間，卡洛斯和余老闆都愣愣地盯著桌面的照片。

卡洛斯一心想擺脫的某人此刻正站在身邊，並躺在桌上的相片中。而他心目中的女神此刻也正共處一室，並在相中與那位某人玩著變態的遊戲。

余夫人命西裝男倒了四杯紅酒，她親自把酒遞到丹尼

爾，卡洛斯與艾瑪的手上。

「丹尼爾，為了你的寵物們；卡洛斯，艾瑪，為了丹尼爾有了你們而獲得重生，乾杯！」

三人如被催眠般不約而同喝了杯中酒，余夫人面帶高貴的微笑也一口飲盡。

三十分鐘後，兩男兩女從洲際酒店的地下停車場被抬上救傷車，幾個西裝男從旁招呼著，救傷車悄然離開酒店開往醫院。宴會廳歌舞依舊，來賓們晃動著杯中酒，三五男人聚在一起說著笑著，四六女人聚在一起笑著說著，兩條用紙糊成的纏了龍鳳圖案的高大圓柱矗立於宴會廳，巨大的金色龍鳳圖案栩栩如生，宴會廳兩道華麗厚重的大門隱掩，門縫中擠出音樂聲：

"Mad World" ——Michael Andrews & Gray Jules

All around me are familiar faces

Worn out places, worn out faces

Bright and early for their daily races

Going nowhere, going nowhere

And their tears are filling up their glasses

No expression, no expression

Hide my head I want to drown my sorrow

No tomorrow, no tomorrow

And I find it kind of funny

I find it kind of sad

The dreams in which I'm dying

Are the best I've ever had

I find it hard to tell you

Cos I find it hard to take

When people run in circles

It's a very very mad world

······

······

畫魂

　　地面是一灘灘的水跡，水跡收納了整個天空，天空一片猙獰。近處，雨，像斷了線的珠，爭相脫落，着了魔似的拍打在泥濘的地面，渾濁與透亮相互碰撞著，發出複雜的聲響；遠處，雨，又串成條條銀線自上空灑落，儼如一張織得密密麻麻的網，張牙舞爪的撲向大地。狂傲不羈的雨點落在有水跡的地方，似乎不甘就此墜落，一觸到水面即拼命的向上跳，可是，它們終究扭不過命運。雨線被風吹散，零零落落的飄在空中。天空是灰暗的，地面比天空更加陰沉，沒有色彩的點綴，除了風聲雨聲泥腥雨腥，找不到任何的生機。

　　看到這裡，青年的嘴角歪向一邊，被嘴角堆起的半邊臉隱隱的似笑非笑，而另外那半邊臉耷拉著，一副麻木的表情，畫中的場景正是他所希望的，在他的眼中，世界就應該像眼前這幅畫那樣的灰暗。青年把雙手放在兩條「腿」上，嫻熟地向後動，他想離遠一點再仔細地觀看這幅合他心儀的畫作。他令自己退到一個適合的角度與距離，用那張陰陽怪氣的臉遠距離地端詳著這幅灰色的世界。青年雙眼落在了右上角一片空白處，這片空白令他迷惘，他努力揣摩作畫者的用意，起初，他以為是畫家故意

為畫面的留白,而這樣的留白也應該是對稱的,可是他找遍了整張畫布,除了右上角那片朦朧的白色,再沒有任何地方任何角落有這樣的空白,而這片白色似乎在畫面逐漸化開擴散。他開始對此畫不滿,白色代表了光,青年認為,一個灰暗的世界是絕對不應該有光的出現。

青年雙眼露出恨意,傾向一邊的嘴角落了下來,半笑著的臉回復了原有的麻木。他覺得自己被這幅畫所愚弄,而這幅畫的意境卻被畫家所愚弄。青年迅速向前移動,他一定要看看是哪個俗人居然如此不識相,破壞了他內心的「完美世界」。青年的移動是有聲的,特別是當他迅速移動後再猛然停下來的一剎,發出刺耳的連續的「吱吱吱吱」的聲響,那不是腳步發出的聲音,那就像是機器突然停止運作時為減速而發出的阻力聲;更像是汽車剎車時輪胎與地面摩擦而產生的聲音。

在這本應安靜的畫廊,青年連續性的動作與聲響牽動了眾人的眼光。大家看著這個年輕男子發狂似的奔向一幅用黑色的畫框鑲裱的灰色的畫作。此時的他已經全然沉浸在自己的傷痛與憤怒中,他無視一道道眼光的凝視,把自己停在畫框的下方,可是畫作周圍的牆布面並沒有掛上畫

家的名牌，青年只好仰起頭到畫面尋找，看看有沒有任何簽名。他的高度並不佔優勢，他必須要使自已凌空起來。他的雙臂由於出力使身體向上而筋骨凸顯，雙手像樹根似的撐在「腿」上，太陽穴旁的血管與雙眼因為過分的激動而沸騰，原本毫無血色的臉也漲得通紅，屁股下面耷拉著的兩條腿像裝飾物似地尾隨著身體的提升而提升擺動而擺動。

　　他迅速而仔細的在畫作上搜索，灰色的確佔據了整個畫面的絕大部分，畫面的右下角，正正是最最陰暗的角落，這和右上角那突然的一片留白形成鮮明的對比。在這片暗黑中，青年找到了作畫者的簽名，他狠狠的盯著這個簽名，想用雙眼把這個名字吞掉，化掉，抹掉。他的嘴不停地張合著，如果可以再高點，如果嘴可以達到簽名的部位，他會毫不猶豫地把這個帶有畫家簽名的陰暗角落硬啃下來。

　　突然，近距離的掃描令青年捕捉到，在這片漆黑的泥濘中，一個渺小的人樣的黑影吃力地在風雨中奔走着，那是一團沒有輪廓不能被分辨出性別的影子，整幅畫作都在煙雨中迷濛，只有這團黑影，雖然他是那麼的不起眼，那麼的渺小，可是即便在黑暗中亦顯得如此清晰，這個人物的出現使青年愕然。細看之下，這團影子似乎被一條光線斜照，他順

著光源的角度和黑影奔走的方向尋去，正是右上角那片留白的方向，而畫中的小人物也正冒著風雨向著右上角那團留白堅毅地走去。青年的雙臂漸覺無力，身體重重地摔了下去。

　　畫作下，青年蜷縮着，抽搐着，並將雙手交叉的放在雙腿上，使勁地來回揉搓，他內心在掙扎，臉部也因此而變得扭曲。天花板的射燈照在青年和頭頂這幅稍微向下傾斜地掛在牆面的畫作上，被打磨得透亮的黑色雲石地面，兩個影子重疊交融在一起。

　　空氣在凝聚了片刻後，青年臉上額前的紅筋退了，眼裡的恨意逐漸散開，面部表情由扭曲變回麻木，再由麻木變得安詳。他抬起頭，圈成一團的身軀慢慢的舒展開來，他整了整衣襟，挺直了略微有點駝的背，輕緩地離開了畫廊，身穿西裝制服的門衛恭敬的為這個坐在輪椅的青年打開畫廊那對厚重的柚木雕花木門。一簇陽光從門外擁進，傾斜的照射在青年的身上，他望著前方，眼神不再渾濁，並深深吸了口氣又再緩緩吐出，彷彿這是車禍後兩年來久別了的新鮮空氣。

　　陽光緊緊地裹著這個青年和他的輪椅，一絲淺笑掛在他的臉上……

困獸鬥

一

　　唐忠柏接到一個匿名電話後，匆匆開車趕往怡馨何文田道的住所。到了樓下，一輛救傷車已停泊在此，幾名醫護人員正把一個病人抬上車。

　　忠柏急忙上前想推開醫護人員看看躺在擔架上的是誰，卻被醫護人員喝住。

　　「先生，我們在救人，請你不要阻礙！」

　　忠柏唯有退開，他還是沒看見躺在擔架上的是誰。

　　「請問這是不是27樓D室的住戶？」

　　「正是。你是她什麼人？」

　　「我是她朋友，我接到匿名電話說她出事了，所以立即趕過來。」

　　「是，有人報了警。你朋友目前狀況很危險，你可以跟我們車一起去醫院。」

　　「你們打算把她送去哪家醫院？」

　　「伊麗莎白醫院。」

　　聽說去伊麗莎白醫院，忠柏放心了，這家醫院雖然是

政府醫院，但是醫資強大，設備齊全，而且有幾個同學在那裡做主診醫生。

忠柏馬上撥了電話給醫院的一位老同學，並啟動座駕，尾隨救傷車而去。

「忠柏，到底發生什麼事？怡馨怎麼會這樣？」負責搶救怡馨的是忠柏讀醫科時的同學。

「我也不清楚，傍晚突然接到一個匿名電話，說怡馨出事了，要我馬上趕去她住所。」忠柏甚是憂慮，他也迫切想知道怡馨到底出了什麼事。

「她現在脫離危險了吧？」看看尚未甦醒的怡馨，忠柏充滿憐愛。

「已經洗了胃，應該無大礙了，幸好及時送到。」

是夜，忠柏一直守在醫院，待怡馨醒來已是次日清晨。

「怡馨，警察希望為妳錄口供，可以嗎？」護士安妮曾經與怡馨共事，她告訴怡馨警察等了整晚，就是希望待怡馨醒來詢問昨晚的事情經過。

「安妮，拜託妳告訴他們，我沒有什麼想說的。」怡馨臉部稍稍抽搐，眉心緊鎖。她暗自回想著昨晚所經歷的

一切。

　「那我就先對警察說妳目前不適宜錄口供吧。對了，趙忠柏醫生昨晚陪伴妳來的。他現在在醫院等候，妳要見他嗎？」

二

　忠柏和怡馨是大學同學兼情侶，二人同修醫科，畢業後又再攻讀精神科，在醫院工作幾年後，到中環開設了一家精神科私家診所，可算是門庭若市。來就診的除了明星專業人士有錢人外，基本是城中各大小公司要員，職位越高壓力越大越需要尋求心靈的治療與平衡。香港是個小圈子城市，找精神科醫生傾訴宣洩壓力和煩惱是比較安全的途徑，起碼醫生的職業道德不會洩密，催眠和藥物能取得最佳的輔助治療，而精神科的藥物沒有醫生處方是不可以隨便在藥房買到的。普通人根本想像不到城中有多少人去尋求精神科醫生的幫助，有多少人手持白卡（精神科病人的複診卡）。忠柏和怡馨聯手應診，很快，診所的病歷已累積到可觀的數目，可謂應接不暇。忠柏對自己的工作很是投入，怡馨卻不然。她越來越抗拒因工作壓力來訴苦的病人，更不願去理會無病呻吟自尋煩惱的主婦。她把這些

病人都推給了忠柏，令得忠柏壓力劇增，不得不找怡馨談話。

「怡馨，妳最近把病人都推給我，是有什麼苦衷嗎？」一天的忙碌後，護士和病人先後離去，忠柏走進隔壁怡馨的診室，開門見山地問。

怡馨沒有作答。

「怡馨，妳應該知道，剛入學時，我原本打算醫科畢業後，就在醫院老老實實做全科主診醫生。後來，我們拍拖，妳對此事業是多麼的雄心壯志，要不是受妳影響，我也不會積極修讀精神科，更不會冒險離開醫院自己開設診所。怡馨，如今我們的事業蒸蒸日上，妳的願望實現了，難道妳不該高興？不該更加珍惜今天的成就？」

「忠柏，我並非對此失去熱情，只是，我看到來就診的多數是無病呻吟的人。我越來越覺得心理病就是成功和無聊兩種物質在大腦裡的化學反應產生的有害物質。你看那些靠出賣體力生存的藍領或灰領，那些為養家為糊口而奔波的人們，難道他們沒有壓力？我們卻很少碰到這樣的病人。而那些真正希望得到我們幫助的人們卻自己承受著痛苦，默默地繼續著艱辛的生活。」

「怡馨，要是當初沒有讀精神科沒有開設診所之前妳這麼說，我或許會接受妳的想法，可是現在我們的事業蓬

勃發展之際，妳有如此的想法，我是不會允許的。你如果繼續這樣下去，我們辛辛苦苦建立的事業遲早會毀於一旦。」

忠柏出生於基層家庭，父母文化不高，家境清貧，讀書時他和兩個妹妹若遇到功課上的困難，就只有問同學，因為沒有多餘的錢請補習老師。忠柏讀書特別勤奮，窮人的兒子早當家，為了減輕父母的負擔，忠柏擔當起妹妹們補習老師。在哥哥的影響下，兩個妹妹也不甘落後。三兄妹先後以優異的成績被中大和港大錄取，分別進修新聞系和外語系，總算是滿堂紅。忠柏在事業上能夠取得今天的成就，他是很珍惜的。

「忠柏，我有時覺得我們所做的事業好比性工作者，甚至比她們不如。來找我們和去找她們的人大致一樣，都需要找個途徑宣洩，大家都是按時收費，只是方式不同而已。我們對求診者需要經過多次的交談與了解才能觸摸到他們的靈魂深處的隱痛，甚至有時他們坐在與我們咫尺的距離，卻要花更多的時間和耐性去陪他們遊花園，別以為他們把苦水都倒在了我們診所輕鬆而去，病人走的時候依舊是愁眉深鎖。其實，多數病人也就是苦於無法自己買到舒緩情緒的藥物不得已才花錢來找我們聊天的。性工作者

卻不同，只是一次簡單的身體接觸，就能融化有各種壓力的客人，她們若是再深諳世事一些，與對著她們的身體發洩的客人們略交談幾句，立即就可打破客人內心深處的枷鎖，觸發心靈悸動，她們的客人基本是帶著愁緒與慾望而來，走時卻是輕鬆而滿足的。同樣的時間，相若的收費，不同的方式，客人帶著不同的身心離開。身體接觸引起的共鳴力量與效果遠遠超過單純的思想溝通。」

忠柏細聽怡馨所說，覺得似乎有些道理。他不禁想起父親常對母親說的一句老話：「言教不如身教。」

父親的話雖然和怡馨所說不同性質，但道理差不多。動作與身體接觸對人產生的影響與共鳴遠比靠說話和思想溝通去尋找與對方靈魂的共鳴來得快。忠柏雖然明白怡馨話裡的道理，可他嘴上卻沒有表示認同。

「相比性工作者，我們對病人的治療甚至會產生副作用。病人對藥物的依賴基本是我們無法避免的。」怡馨進一步否定自己的工作。

這次輪到忠柏無語。他暗暗回想著自己壓力大時去洩慾的過程，怡馨所說那類鳳姐他曾經光顧過，離開時確實是身心輕鬆愉快。他試過要求鳳姐穿上絲襪然後自己把它撕爛；試過叫鳳姐用絲襪套在自己頭上或是綁住自己的雙手，試過把絲襪塞進鳳姐嘴裡……總之，只要要求不過

分，鳳姐都會盡量滿足。

怡馨根本不知道忠柏此刻在想什麼，她以為忠柏的沉默即是默許。

「幾天前，我遇到大學時的一位中文教授。他得知我們的事業後，贈了我一個字。」怡馨繼續說，希望進一步令忠柏明白自己的想法。

「什麼字？」

「囚。」

「囚？有什麼特別意義嗎？」

「人被口困住了就成了『囚』。教授說，每個人面對不同場合不同人物說著不同的話，說得連自己都無法分辨真假了，這就是囚字的含義。他說，來我們診所求診的病人基本都犯了『囚』病，自己用嘴巴困住自己。而我們的工作卻是在迎合他們，走進他們所設的牢房。與他們共同做著困獸鬥。」

「怡馨，妳說這麼多到底是什麼意思，妳就不妨直說吧。」忠柏開始按耐不住。

「林先生，明峰集團副總裁，他若不是來診所求醫，恐怕已經從他三十一層樓高落地玻璃的辦公室跳樓自殺了；彭經理，來過我們診所不下十次，多次催眠放鬆才開金口說出自己的困擾，若不是我們的幫助和藥物的輔助，

他可能已經殺死了自己的妻兒現在真正是囚犯一名了；李校長，妳的病人，當初我說繼續開藥給她，是妳堅持停藥，妳說她已經開始依賴藥物，妳要啟發她人類天性的堅強，讓她靠自己的意志控制自己，妳做到了。怡馨，妳還要我舉出多少病人的案例妳才會為自己為我們的事業而驕傲？」

「忠柏，這些我都知道。助人乃快樂之本，我不否認我們所做的一切拯救了無數的生命與靈魂，我們也因此而掙了不少錢，可我總覺得這樣不對，理想與現實的矛盾差距太大。當初我選擇修讀精神科，是看到城市中有心理障礙與個性扭曲的人性林林總總，我真心希望能夠幫到他們。但是通過實踐，了解到藥物與催眠等各種治療方法並不能真正幫到病患者，反而令病患者更加依賴治療，一旦停止治療，藥物產生的副作用令病患者病情加重，情緒更加失控。我越來越覺得做心理醫生除了能夠掙更多的錢以外，並非是濟世為懷的行業。」

「怡馨，我們那麼辛苦讀了那麼多年醫，為的不光是濟世為懷的高尚情操，我們要靠專業知識吃飯，我們不但要回報社會，更要回報父母。」

忠柏認為女友的小姐病又犯了，在沒有事業之前，怡馨的出身對於忠柏一直是壓力。怡馨可算是含著金鑰匙出

世的富家女，為了捍衛自己的自信與自尊，忠柏下定決心要勤奮。事業能取得今天的成就，忠柏功不可沒。女友最近情緒的波動，直接影響了診所的運作，他必須要制止她。

「怡馨，拜託妳不要再胡思亂想了，我們同坐一條船，這樣下去診所會出事的，對大家都沒有好處。」

「既然這樣，我退出。」怡馨不暇思索地說。

怡馨覺得忠柏變了，自從醫院出來自己開設診所，忠柏把所有的心思全部放在了事業上，開始角逐名利。忠柏則認為怡馨不理解自己。作為一個男人，他一生所要肩負的遠比女人要多，一個沒有事業心的男人又怎能挑起生活的重擔，怎能對家庭付上責任？兩個妹妹學歷均高，收入也不錯，可作為兄長，他又怎能把贍養父母的責任推給妹妹們。若然將來與怡馨結婚，他更希望給予自己的妻兒舒適安逸的生活環境，自小看母親操勞，他不希望一事無成要自己的女人跟著受苦，怡馨家世顯赫，她的父母也絕對不會允許女兒嫁給一個浪得虛名的男子，所以，忠柏非常重視並極力捍衛自己努力建立的事業。這樣地，兩人之間的矛盾日益加深。怡馨自小嬌生慣養，她讀書只為了追求理想，又如何懂得忠柏的心。即便忠柏多次與她交流，可

有些事有些人不到開竅的一天是永遠不會明白的。生命，從出世那天開始，就是一個等待的過程。

　　怡馨是任性的，自從衝口而出「我退出」後，她每天一來到診所就坐不住，並開始幻想以自己的方式去幫助有需要的人。診所開張不到兩年，已累積了超過可觀的病歷，社會雖然在進步，人性卻越來越複雜，都市人病了，病得越來越嚴重，甚至病到無痛呻吟疑神疑鬼的地步。她想起幾年前的港版女超人紫荊俠向露宿者及弱勢社群派發金錢及食物的事，她希望自己也能化身為女俠醫去造福真正需要幫助的市民。她知道，其實男友並不真正了解自己，他們刻苦讀書的目的不同，一個為了理想一個為了生活。忠柏總覺得怡馨是犯了小姐脾氣，二人雖彼此欣賞，但是價值觀卻迥異。

　　怡馨離開了診所。忠柏不得已邀請了另外的醫生駐診。

　　怡馨為了理想踏上了行俠仗義之路，轉行做了社工，並積極參與各類社會活動，接觸不同的人，洞察不同的人性，並開始走進社區，體恤中低下階層民情與人性。怡馨所為，忠柏非但完全不理解，而且甚是擔心。人性越來

複雜，他擔心怡馨一不小心會被社會各種大小陷阱所吞沒。

三

忠柏得知怡馨經已甦醒，馬上去病房探望她。他憐愛地摸著女友的頭髮。

怡馨一看見忠柏就失聲痛哭。忠柏緊緊擁抱住女友，並伏在她耳邊輕聲說：「怡馨，我們這是怎麼了？我再也不要你離開我！」

怡馨只顧抽泣，此刻，有忠柏在身邊，她感到無限溫馨與安全。

「怡馨，安妮說妳拒絕錄口供？」忠柏鬆開雙臂，為怡馨擦拭眼淚，繼續問。

「妳的化驗報告出來了，是服食了過量的鎮靜劑與酒精混合造成的短暫性休克。怡馨，妳應該知道鎮靜劑與酒精一齊服用是非常危險的，歌王Michael Jackson就是這樣身亡的。這樣的common sense 妳肯定知道。怡馨，告訴我，是誰造成妳這樣的？」忠柏誓要找出真相，他了解怡馨，她絕對不是會自殺的女人。

「忠柏，你還生我的氣嗎？」怡馨始終對忠柏的問題

避而不答。

「我想，我也有錯。這段時間以來，我們各自為了證明自己是對的，鬥個你死我活，幾乎都不認識對方了。我總希望妳能夠望而卻步，而妳又總是希望向我證明自己。是我的執著助長了妳的意志。」

忠柏由心而出，自怡馨離開診所，二人的關係也因不同的價值觀而漸行漸遠。最奇怪的是，怡馨開始與自己進行比試，她做社工遇到棘手的案子就會把當事人轉介給忠柏，忠柏若接手怡馨轉介的病人，進行治療的過程，怡馨則不斷私下去找病人聊天，從旁干涉。怡馨對人天生有種凝聚力，她好比一面鏡子，多數人在她面前都會把真性情表露無遺，怡馨就是要證明給忠柏看，不掛醫生牌，不開處方，不收費，她一樣可以幫到心理有問題的人群。

聽到忠柏的表白，怡馨終於消除了內心的不安。她決定把自己近期的遭遇告訴忠柏。

「你還記得小艾嗎？」

「小艾？小艾？鍾小艾？妳是說那個患有妄想及自虐症的女孩？」提起這個名字，忠柏不禁緊張起來。

「是的，就是她。一次我們吃飯的時候，你向我提起過她。」

　　小艾是一個讓忠柏很頭痛的患者，家庭複雜，小艾的父親是本港某大家族成員之一，母親是父親的小老婆，他們在夜總會相識。當小艾母親得知這是個有權有勢家底豐厚的男人，便纏上了他。然而這位大人物是有家室的人，對於這個年輕的舞孃，他無法給予任何承諾。於是，小艾的母親想辦法令自己懷上了對方的孩子，希望以此得到回報。舞孃從此脫離了夜場，雖然得不到名份，但卻因懷上對方的孩子而從此過上了太太般的生活。小艾出世後，基本是由菲傭照顧大的。母親天天相約友人在外逛街打麻將喝茶聽歌，父親一個月才偷偷摸摸來家裡看望母女一兩次，也只有父親來的時候，小艾才能見到母親。小艾雖不缺衣食，可她嚴如一個孤兒。隨著年齡的增長，小艾的孤獨感愈加強烈。少女時期，小艾開始自虐，希望以此引起父母的注意與關愛。小艾曾經因為嚴重傷害自己身體入院，經醫院轉介，小艾成為忠柏的病人。可是小艾並非聽話的病人，長期的孤獨成長令她個性強硬。她並不希望自己得到治療，她固執地認為屬弱的身體終能夠贏得父母的關愛。

　　小艾在診所就診多次，忠柏始終不知道她的生父到底是誰，因為小艾跟了母親的姓氏。忠柏之所以知道小艾的身世，皆因他要求小艾母親一定要對小艾的成長背景有充

分的介紹才接受對小艾進行治療。

一次，忠柏約了怡馨一起晚餐。那天下午正好小艾來應診，她坐在忠柏的對面，雙腿駕在忠柏的桌面，並張開。小艾穿了校服，下身是裙子，忠柏留意到小艾沒有穿內褲。忠柏站起來試圖把小艾的腿撥離桌面，當他一接近小艾，小艾立即抱住他。忠柏只好把護士叫進來。那天，小艾什麼也沒說，她只要求忠柏開藥，開醫生假條。忠柏想要打發她快走，全部照辦。吃飯時，忠柏忍不住向怡馨提起，而他提起小艾的時候，腦海裡竟然抹不去小艾那粉嫩的少女私處。

「怡馨，妳認識鍾小艾？」

「我偷偷回到診所copy了她的病歷。」

四

離開診所，怡馨透過各種團體接觸到更多的人。她憑著自己對人性敏銳的洞悉力和精煉的語言能力說服能力，以交朋友的方式與各種靈魂打交道，不但幫助了無數有心理障礙的人們，還拯救了不少婚姻出現問題的家庭。怡馨在社工界算是小有名氣，但凡遇到棘手的案子，都會安排怡馨去處理。怡馨的離開使得忠柏的診所少了很多生意，

怡馨確實是精神科不可多得的人才。她的專業知識廣博而牢固，臨床經驗豐富，與病人的溝通可謂是得心應手。新來的駐診醫生遠遠不及怡馨般對病人體貼入微，他與忠柏一樣，靠行醫吃飯，幾乎所有求診的病人他都會開藥，再次來複診的病人基本上都是來開藥的。

眼見診所業績停滯不前，忠柏把責任推到怡馨的離開上。忠柏想盡辦法希望怡馨能夠回心轉意，偏偏怡馨的個人事業發展得還不錯。忠柏知道怡馨好強好勝，於是，他想出一個辦法。

每次約見怡馨，忠柏都會有意無意在怡馨面前提起一些病人的案例。這些病人都是他精挑細選出來的，幾乎是怡馨最感興趣也是最擅長的案子。怡馨聽到後就會馬上給予忠柏治療的建議，忠柏就說：「妳這套行不通，不行不行，一定要按照精神科的傳統療法，加上藥物的輔助治療才行。」

怡馨一聽藥物就反感。她決定要暗中幫助這個病人。飯後，她偷偷回到診所，copy了病人的資料。然後，利用自己社工的身份想盡辦法去接近對方，與對方做朋友，再針對自己對病人病情的判斷而進行心靈治療，心病還須心藥醫，怡馨用真誠配合技能，暗中解開了每次與忠柏見面

他提到的那些病人的心鎖。她以為忠柏不知道，其實，這一切都是忠柏安排的。忠柏始終不相信怡馨這一套，他認為是脫離理論的江湖術數，另外，忠柏希望以此再次激起怡馨對回診所行醫的興趣。小艾，也是忠柏從諸多病人中選出的較為棘手的病人之一。

聽怡馨提起小艾，忠柏故作驚奇。

「妳為什麼要偷小艾的病歷？」

「想要證明給你看我的方法是行得通的。」

「拿到小艾的資料妳會怎麼做？」

「我以社工的身份去到她就讀的中學找她。經過初步的接觸，我了解到小艾其實是嚴重缺乏父母關愛而又正值反叛期的少女。我以姐姐的身份去關心她，漸漸，她對我產生了依賴。她要求我為她補習，有時會來我的住所，補習完就會在我家留宿。接觸多了，我發現其實小艾是個可愛的女孩。你知道，那段時間你我很少見面，我也沒有兄弟姐妹，小艾的出現，或多或少為我的生活填補了空隙。我也漸漸把她當作自己的親妹妹看待了，有時更衣沐浴都不避忌。小艾徵得了母親的同意，一周在我這裡住五天，週末回家。」

「妳可真有愛心，難怪那段時間總說沒空了，原來是

為了小艾。」忠柏酸酸地說。

「忠柏，請不要生氣，我對你的感情從來沒有變過，只是，我們之間的價值觀不同，我希望大家有個適應期。」怡馨拉住忠柏的手，深情地說。

「在我家住了兩個月，小艾情緒逐漸穩定，人開朗了，胖了，也精神了。兩週前我問小艾還有沒有再去找你看病開藥，她說沒有。我告訴她我們的關係後，小艾就離開了我的住所。當時我也沒有多想，以為她是想家了。昨天，小艾打電話給我說等我回家一起晚餐。我放工回到家，一開門，氣氛好不浪漫，小艾準備了一桌的飯菜，還開了一瓶紅酒。她看見我就衝上前把我抱住，我始終認為她是我疼愛的妹妹，我摸著她的秀髮，她卻開始吻我。我馬上把她推開，可能力度大了些，她跌倒在地上。我急忙伸手去拉她。她站起來後，冷靜了。她說她愛上了我，問我愛不愛她，我告訴她我一直把她當作妹妹看待，而且，我與你拍拖多年，馬上會結婚。她聽了開始歇斯底里地哭喊，說我一直在欺騙她，說我從來就不關心她不愛她。當時，我知道自己闖了禍，應該要立即請她離開。可是我卻沒有這麼做。出於好勝和職業病，我希望能夠解開她心中的結，找方法去侵入小艾的內心世界，小艾哭過後，冷靜了下來。她為我倒了杯紅酒，她說希望我能夠嚐嚐她為我

準備的飯菜，吃完飯她就回家。我以為我說服了她，以為她明白了。我毫無防備就喝了那杯酒。」

「酒裡的藥是小艾加進去的。」

「應該是。可是，她告訴我再沒有去你那裡開藥啊？」

「怡馨，小艾是騙你的，自從妳找到小艾，她一直都有到診所複診，她每次來都會在我面前刻意賣弄，而且越來越放肆，不穿內褲，不戴bra，解開襯衣鈕扣……我不得不開藥打發她快走。」

怡馨終於知道小艾一直在騙自己。回想起與小艾一起相處的那段時間，她不禁打了個寒顫。

忠柏問怡馨要不要告發小艾的罪行，怡馨搖搖頭，她覺得小艾下毒自己也有責任，是她令缺乏愛的小艾產生了幻覺。再說，小艾馬上打了電話報警，並通知忠柏過來，證明她自己也知道錯了。而怡馨覺得萬幸的是，不光自己沒有死，這次死的教訓消除了這段時間與忠柏之間的隔閡。在自己性命攸關的時刻，忠柏表露出無限的關愛與擔憂，這讓怡馨很感動，她決定出院後不再任性，也會答應忠柏的求婚，甚至，她會按照忠柏的意願返回診所。一想到明天的美好，怡馨的瞳目又擁滿了希望。

　　聽怡馨說完，忠柏出了一背的冷汗，把襯衣都打濕了。這次怡馨出事是他間接造成的，可是，他又不能對怡馨坦白，否則，怡馨會恨自己一輩子。他決定寧願隱瞞怡馨一輩子也不要怡馨恨自己一輩子。最慶幸的是，生死的牽動，令怡馨又回到了自己的身邊。

　　怡馨不想再留在醫院，忠柏為她辦了出院手續。

　　大街上熙熙攘攘，估計香港人是地球上走路最快的一群人，都在紛紛追趕時間，卻又總被時光所拋棄。藍天下，一群行色匆匆的人們戴著各種式樣的面具在這片土地上做著困獸鬥。

滑稽的誓言

一

　　警察封鎖了19樓Ａ單位，這裡剛剛發生了一起兇殺案。我殺死了自己的妻子然後報了警。

　　警察趕到兇案現場時，被屋裡的情景嚇到，我把妻子肢解了。

　　她的頭用頭髮綁在客廳的水晶吊燈上，我洗乾淨她臉上的血跡，為她化了妝，完全看不出痛苦的樣子；她的雙手被綁在一起扔進了魚缸，原本透徹的水被染成紅色，很是艷麗，七彩的魚兒們歡欣地游來游去，忙碌於在斷臂上啄食；兩條大腿穿上了絲襪交叉搭在她慣坐的餐椅上，甚是悠閒的樣子；兩隻腳掌被斬下，塞在一雙白色露趾高蹺涼鞋裡，妻子的腳趾擦了珍珠色的指甲油，腳型小巧，我覺得奇怪，穿慣高蹺鞋的腳居然沒有被磨損的瑕疵；旁邊是一對銀色的燭台，燭芯燃點著，火苗婀娜地扭動著身軀，光影在腳背與腳趾間來回地舔著，香艷無比；她的兩隻豐滿的乳房被完整地切下，分別放在兩個白色的西餐盤子裡，置於我和妻子就餐的位置，盤子的兩邊還擺放了刀叉；最令人驚艷的是妻子的私處。我按照她原本的形狀完

195

好無缺地切割下來，我把妻子私處原本很豐茂的陰毛修剪成希特勒小鬍子的形狀，然後插了一把水果刀在小洞裡；至於身體其它部分，被我肢解成肉塊，逐一釘在牆上，像剛開張的肉檔。

　　警察進門時，我懷抱著貓咪坐在客廳的窗台上抽著煙，我禮貌地向他們打了個招呼，繼續坐在窗台吞雲吐霧，似乎屋裡發生的一切都與我無關。那幾個警察怎會見過此等藝術，我雖沒有看他們的臉，但也能想像得出那幾張臉孔上掛著怎樣的驚奇。未幾，一名警察拔出槍指著我，顫聲對我說：不許動。

　　我忍不住笑了，我何曾動過。

二

　　三年前。

　　「Eric何，這個週末去哪裡消遣？」律師樓的David劉從他的房間撥了內線電話給我。

　　「約了女友去看畫展。」

　　「哪個女朋友啊？上週在酒吧認識的那個？」David劉對我的私生活總是很好奇。

　　「不是，是前幾天吃飯認識的，朋友的朋友。」

「Eric何不愧是情場獵豹，速度與激情的傳奇人物，真要好好向你請教請教⋯⋯」

「David，我有個電話要接，先掛了。」

不等David劉說完，我就匆匆掛上電話。David劉是個很出色的律師，不打官司的時候卻是個很難纏的男人，如果我不果斷拒絕，恐怕到晚上都說不完。掛上電話後，我發了短信給新女友，提醒她明天是週六，約好一起去中環看畫展的。

我正收拾文件打算離開事務所，David進了我的房間。

「Eric，我想和你們一起去看畫展，明天幾點？在哪裡等？」

估計是沒辦法擺脫David了，我只好答應帶上他，並約好見面的時間和地點。

畫展是一個朋友的妹妹主辦的，以國內新晉畫家的畫作為主。我帶著女友和David在場內閒逛，其實我們仨人都不懂畫，只是為了找個藉口度過週末而已。

朋友Kenny看見我們便迎了上來，並介紹畫展的主辦人給我們認識。

「麗絲，這位是何律師，何律師，這是我妹妹，麗絲。這場畫展是她負責主辦的。」

「你好，麗絲，叫我Eric就好了。這位是David劉，這位是我朋友陳小姐。」不知為何，在這個陌生的美女面前，我沒有介紹與我同來的女性是我女友。

其實我對女友的定義僅限於有過性交的女性朋友。基本上想與我交朋友的女性不是喜歡我的人，而是喜歡我的職業。現在的女孩很現實，都想找個金飯碗。我也不介意，反正大家的目的都不良善，她們不介意獻身，我又怎會介意接受？試過有女子與我性交不想戴套，我知道她們想什麼，萬一懷孕，希望我會負責任，真不明白這些女人，長了個子宮就以為能夠要挾住男人，須知子宮是上帝賜予女性最最寶貴的身體一部分，被賦予了繁衍後代令人類社會息息相生的神聖職責，而非滿足私慾的武器。然而很多女性卻用自己的子宮做籌碼，為求綁住男人的心，為求得到婚姻、愛情甚至金錢，不惜出賣自己的子宮。

我當然不會上當，她不讓帶套，我就不做。女人與性，對於我這樣一個又強壯又帥的單身律師來說，太容易得到了。

畫展過後，David劉再沒來過我房間閒聊，我反而有些不習慣。問他去哪裡了，他說約了麗絲。David一定是喜歡上了麗絲，從那天在畫展他看麗絲的眼神可以看出，

David對麗絲是一見鍾情。他那天表現得像個傻蛋，又像個孩子，時而緊張，時而文靜，時而害羞，時而大方，平時在律師行說話時用的助語詞一個也沒用上，而且話不多。

「David，晚餐有約嗎？」

「晚餐約了麗絲。」

「我加入可以嗎？」

「嗯……恐怕不方便吧。」

這個傢伙，每次我有活動時他都要我帶上他，想不到他現在居然拒絕我。

「我把女友帶上，我們來個情侶聚餐，你看怎樣？」David越是不讓我去，我偏偏要去。

「你女朋友？上次畫展那位？」

「你管我帶誰去，總之不會一個人去。」

「我看還是不要了。我不想麗絲認為我也是花心的男子。」

「那要是我帶上次畫展的那個女友總可以了吧？」其實我也不知道為什麼一定要加入他們的飯局，或許好奇，或許不相信麗絲會喜歡David劉。

我不得已再次聯繫了畫展那位「女朋友」，這嚴重違反了我的交友原則：一個「女朋友」只能用一次的原則。

為了能夠加入飯局，我答應會嘗試與她進一步了解，當然，「進一步」並非指性交，這個我早就得到了，而是指關係上感情上思想上的進一步。這真是糟透了，一想到還要再見多幾次，我就渾身不舒服，像我這樣的男人，有個固定的女人在身邊，會有種嚴重的缺失感。

　　晚餐的氣氛還算愉快。可我總覺得那個麗絲不該喜歡他這樣的男子。David是名優秀的律師，打官司從未輸過，可是外形卻一點也不討好，這也是他快將中年仍然沒有女友的主要原因。女人也不都只是看錢份上才與男人交往的。不過，或許麗絲樣貌較好氣質高雅的緣故，我總是覺得若是麗絲真的跟了David實在是暴殄天物。至少我不會喜歡一個長了又紅又大的酒糟鼻和一排大爆牙的男人。David眼鏡的鏡片都快有一本書那麼厚了，不知道做愛時摘掉眼鏡他還能否找得到女人的性器官。對於男人來說，最關鍵的還是能夠看清楚躺在自己床上的女人的臉和身體，這對雙方都很重要，否則女人會覺得把身體交給了一個不懂欣賞自己的男人，她會失望，會覺得委屈。

　　趁「女朋友」和David劉去衛生間，我大膽問麗絲。
　　「妳和David真的是……」

「你想知道我們到底是不是情侶？是，我們在交往。」

「妳果真愛David？」

「愛。起碼現在愛。」

「那你們有沒有……」

「你想知道我們有沒有性交？有。」

天哪，這個女人坦白得要命。

「妳真的喜歡David？」我再次問對方。

「難道每個女人都要喜歡你才行？」

我聽得出這是一句暗示，一個挑釁，起碼我這麼認為。最糟糕的是，潛台詞激起了我的潛意識。

待「女朋友」回到座位，我看看對面兩位女子，再環顧整家餐廳，似乎只有麗絲與我才相配。

那次晚餐，誘發了我對麗絲的慾念。麗絲的坦白令我有些緊張，於晚餐間我勃起了幾次，我一直把白餐巾鋪在褲襠處不敢掀開。

三

沒過多久，David又開始在我房間出現，每次都是喪家犬的樣子。我知道，他被麗絲給甩了。聽說麗絲搭上了律師行的另一個合夥人馮律師Steven。這個女人，居然和

我一樣，玩著性愛的遊戲。可憐David，還在計劃著與麗絲的美好未來。

這件事就這樣過去了，我和David都沒有再提起麗絲。David自嘲自己是癩蛤蟆，我笑說我一定會為他把天鵝射下。

律師行業聚會，麗絲隨馮律師Steven來到。David看見麗絲幾乎昏過去，他的確對麗絲動了真情，可憐的David劉，把麗絲帶進我們的圈子就功德圓滿功成身退了。我決定找機會奚落麗絲一番，也算是回敬她無端挑起我的性慾吧。

這次行會舉辦得比往屆熱鬧，事務所擴張，多了幾個合夥人。我試圖伺機接近麗絲，可那個女人像是花粉般，身邊圍滿了殷勤的蜜蜂，直到party結束都無法單獨說上一句話。深夜，大家盡興而歸，David早走了，我獨自去停車場取車。我的車旁邊停泊了一輛白色的瑪莎拉蒂，車門大開，一男子倒在一邊嘔吐，嘔吐物幾乎濺到我的車身上，車裡一個女人使勁拉扯著這個男子，不讓他送出車廂。我走近看清楚，是Steven和麗絲。

「Eric，Steven喝醉了，可以麻煩你送他回家嗎？」麗絲坐在車廂裡衝著我說。

　　遇到這樣的情況我肯定是無法逃避的。我唯有把已經醉成軟柿子的Steven半拖半抱弄上我的座駕。麗絲問我可否載她一程，她沒有開車來。

　　Steven在後座睡著了。麗絲與我並排而坐。我問麗絲Steven的地址，麗絲說不知道。

　　「妳不知道？不會吧？妳該不會還沒有和他做過愛吧？」我終於找到奚落這個放蕩女人的機會了。

　　「那你聽馮律師說過我們做過嗎？」

　　「他當然說過。妳把他叫醒問他。」

　　「呵呵。」麗絲冷笑兩聲不再說話。

　　我又追問麗絲到底知不知道Steven的住所，她完全當沒聽到，只坐在一邊閉目養神。我大聲叫喊了Steven兩聲，可惜他睡得太沉。我開著車，兩個乘客一個睡了，一個裝睡。我根本不知道何去何從，只沿著公路茫然向前。

　　「你知道嗎？說起性事，男人對誰都撒謊，總是說自己和哪個女人做過愛；而女人只會對指定的人撒謊，要麼謊說做過，要麼謊說沒做過，她究竟會怎麼說就要看她對對方報以怎樣的期望，希望激起對方怎樣的反應。」佯裝睡覺的麗絲突然說話。

　　「妳該不會想說妳和David也沒有做過吧？」以我對

女人的了解，我完全不相信麗絲。

「做過又怎樣？沒做又怎樣？我當時愛他，所以和他做。因愛而做愛，有錯嗎？」

「那為何妳又不愛David了？」

「多數人的愛情是在激情下產生的，我屬於多數人，激情過後就無法繼續相愛。」

「哼，妳這樣的女人還真少見。」

「難道你所認識的女人就很高尚？她們和你做又是為何？」

我仔細想想，這女人說的有些道理，我所認識的女人也都是懷著目的才與我做愛的，她們想擁有我，想征服我，甚至想懷上我的BB然後期待一個婚禮一個安定的家。相比之下，麗絲的情愛來得要單純些。

「咦，這是哪裡？」麗絲突然說。

我趕緊環視四周，我把車開到了淺水灣。此刻已是深夜，淺水灣附近的高尚住宅已融於星空下隨夜色而沉寂，任那屋簷下的人們白天上演著怎樣的幕幕人間戲，此刻的歇息只為明天的繼續。

我回頭看看躺在後座的醉貓，估計一時半刻不會醒。於是，我把車停在了海邊，打算在此地熬到天亮。我解開

安全帶，靠在椅背，閉上眼歇息。我渾然忘卻麗絲尚坐在身旁。我醒來時已是凌晨，麗絲不在座位，估計趁我睡著的時候下了車。

後座的馮律師還在醉夢中。我下車想找個地方小便。

此刻的天空淡黑，淺水灣的海面甚是平靜，三月的風尚帶有些小涼意，我沒有穿外套，襯衣下的皮膚被風輕舔著，寒意乍起。還從來沒有這麼早到海邊吹風，我打算沿著海邊漫步，迎接晨日的昇起，恬靜令我忘卻自我，似乎宇宙間只有我這樣一個會呼吸的生命，從來不曾被俗世的煩囂喧染，我將受到晨光的洗禮，靈與慾均飄向了雲霄外，海闊天空就在我腳下，任我頓足。

我正置於夢境中，一個女子的背影闖入我的視線。那背影很是纖瘦，天空由淺黑漸漸變成微白，女子的長髮在春風中飄繞著，天地間突然多了另一個生命，令我咋然欣喜。漸漸，晨光初現，女子的身體鍍上了一層淡淡的金色，猶如聖女的雕像。我不知不覺走到了女子的背後，想從背後抱住她。她聽到腳步聲，回過頭看我。坐在海邊的聖女是麗絲！

她白淨的臉龐裹著初晨的陽光，無限聖潔，我忘卻了她的放蕩，把她擁進懷裡。久久地久久地，我和麗絲忘我地擁抱在一起。我和麗絲的心跳聲拍打著海浪，兩雙手臂越纏越緊，我們的呼吸越加急速，我們的唇印在一起，麗

絲雙眼緊閉，任由我的舌頭在她嘴裡任意探索。淺水灣的初晨是寧靜的，我和麗絲在此地上演著激情的序幕。

只聽麗絲喃喃地說：「我在做夢嗎？」

「人生如夢！」

「此夢何時會醒？」

「至死方醒。」

四

淺水灣後，我和麗絲走到了一起。

關於我「人生如夢」的人生哲學，麗絲後來對我說，她不希望我繼續做夢，否則她將只會是我夢境裡的一個影像，毫無真實感。她說，如果我繼續夢遊，我身邊的一切親情友情與愛情都只會是一場虛幻的夢境，所有的感覺與情慾都只是夢一場，易來易去，那麼我一生中將沒有任何人任何事是重要的。她希望我早早醒來，去真切感受人生的歡喜與痛楚，所有這一切才是真的，值得我們尊重。此刻，我深愛著麗絲，她說什麼我都聽。

激情誘發了愛情，愛情引起對對方的關注與了解。越是與麗絲接近，我就越是發現她的可愛之處。她充滿了靈

性，不會茫然接受我的觀點，不會刻意討好我，但大多數時候，她是順從我的。而最讓我滿意的不外是她的床上功夫。略帶歇斯底里的麗絲脫了衣服猶如難馴的野貓，時而嬌嗔，時而狂野，只等我發揮雄性的威力去馴服。

我一直以為麗絲和我一樣，淺水灣開始戀上了我。其實不然。她的哥哥也就是我的朋友Kenny經常在她面前提起我，早在畫展之前她就對我產生了興趣。我問她既然如此為何還要與David劉和Steven馮拍拖，她說這只是為了引起我的注意，她說她根本沒有和他們做過愛。對此我始終抱有懷疑態度。

難道真如某人所說，愛情就是在彼此的愛戀與折磨中掙扎，把一對男女打入煉獄，一邊超度一邊煎熬，直到彼此融合？

我懷抱赤裸的麗絲，問她作為女人她的人生哲學是什麼。她說了三個字：「三婦論」。我不解。

「主婦，貴婦，蕩婦。」麗絲振振有詞。

她向我解釋，作為一個女人，天生要比男人更加懂得生活。要做一位稱職的太太和好媽媽；要有修養有學識，談吐優雅舉止大方穿衣打扮得體的女人；還要懂性。懂性的女人最可愛，更加容易駕馭勇士。一陣肉慾腥風後，男兒的壓力與憤怒隨性慾的發洩統統消散，然後把赤裸的身

體乖巧地依附住女人。

「妳是不是現代女性啊？妳這是說女人只要做個會持家的主婦，會穿衣打扮，會賣弄性感，床上功夫厲害就能夠俘虜男人的心？」

「你不懂，若有機會做給你看。」麗絲調皮地說，並用手指輕輕點了敲幾下我的鼻子。

「妳在替我們弘揚男權。」我笑說。

「令女人幸福的男人總是幸運的。」麗絲邊說邊抱住我的頭貼住她的胸部。

「令女人幸福的男人總是幸運的……令女人幸福的男人是幸運的……」我不停地重複著麗絲的話，無限感動。「麗絲，那就請給我機會令你幸福以讓我幸運吧。」

那天，我躺在床上，赤裸著身體向麗絲提出求婚。

自從決定與麗絲結婚，那段時間，我們的感情與性事說不完道不盡的甜蜜。直到我們步入教堂，David劉都不敢相信我娶了麗絲。後來聽朋友說，David劉在我的婚禮喝醉了，指著我和麗絲罵「姦夫淫婦，看你們能好多久」。

在婚禮上，當牧師莊重地問我們能否彼此相愛一世，無論富貴貧困，快樂悲傷，健康疾病，我們莊重地起誓「會彼此相愛一世」。不過我總覺得這個誓言很是滑稽。我並非一個忠於婚姻的男子，我只忠於自己身體的慾求。這一點，我還是婚後幾年才慢慢搞清楚自己的。

五

婚後頭兩年間，我們的靈與慾緊密而完美地結合著，我們的幸福婚姻擊敗了看笑話的朋友們，打破了他們的咒語。麗絲做到了她的「三婦論」，她是個完美的妻子。

後來，她越來越享受自己的婚姻生活，漸漸進入安定的狀態，這是最糟糕的地方。麗絲安逸的生活態度導致我對她失了性趣。麗絲雖然努力地與我做著床笫之事，可是原來的野貓變成了家貓，我再不用馴獸，在麗絲面前，我失去了緊張感，沒有緊張感就得不到刺激，與她做愛，只是為了履行婚姻的權利與義務。而且，她開始為了一些家務瑣事喋喋不休。剛結婚時，麗絲穿著睡衣為我做早餐，我覺得她很是性感，於是，她邊做早餐邊與我做愛；後來，她居然愛上了穿睡衣做早餐，幾乎每天如此，於是，每當我看見她穿著睡衣站在廚房，我就連早餐都吃不下了。

　　我把自己對麗絲失去性趣的事賴在了她身上。我覺得她在我面前失去魅力或許是移情別戀，結婚前她有過多次不忠的先例。她在家的時候開始不修邊幅，不過她每次外出都會精心打扮，我對她的懷疑越加深信不疑。我用盡辦法折磨她，趁她睡覺的時候搞她，無論生病月事都不放過她，她越是遷就我，我就越是生疑。

　　嫉妒，佔有欲，情慾，性慾，猜忌，對婚姻的倦怠……我幾欲發狂！

　　我花了一段時間透過各種途徑去了解肢解動物的方式，如何在肢解時凝止大量的出血，並千方百計去收集了屠宰畜生所必須的工具，我把它們藏在一個公眾儲物櫃。

　　於是，待到那天——

　　我殺死了麗絲，我的妻子！

弱 男

一

我叫查理，是留班生，成績不好，校評操行不好，另外還有一些小毛病，例如：遲到，欠交功課，愛和老師頂嘴，破壞學校財物，比較懶散懶惰，比較滑頭比較皮……

其實，我並非壞學生！而且，我的身材長相都還不差，長輩們說小聰明比較多，其實也就是聰明。EQ是差了些，不過勝在能說會道，還比較有禮貌，見了長輩，主動打招呼。長輩們說我口甜舌滑會獻殷勤。反正，大人們總會為晚輩的特性做一些負面的評語。若放到他們身上，低EQ叫做感性，能言會道則是擅於表達擅長社交。

讀完中三，我完全可以不用留班，是老媽要求學校這麼做的。我問她為什麼要我重讀一年，浪費我的青春她的錢。老媽只簡單總結地說了一句：「這是為你好！」

哎呀，這豈不是廢話嗎？做父母的就喜歡說廢話，兒女們還不得不聽，若不服從，他們肯定會想方設法軟硬兼施威逼利誘，直到你投降為止。

中三B班，年級不算太差的一個班，只是男生比女生的人數多出一倍。各科老師都覺得授課困難，或許是女生少的緣故，陽盛陰衰的課室容易躁動。我重讀一年中三，就被安排在了這個班，我極力反對重讀的原因之一就是：中三B班女生太少，而且僅有幾個女生的樣貌身材性格都屬於有待進化級別。

我是班裡唯一的留班生，也算是新同學，大家對我格外好奇。

「喂，查理，你原來那班有幾個女生不錯啊，可惜了，你無福消受。」

「是呀，看看我們班的這幾個女生，嘖嘖，叫我們這些綠葉如何襯托。唉！」

「威廉，你長得帥也沒用，可惜我們班無美相配。隔壁C班可不同，美人都聚到一起了。說也奇怪，人長得美，不但成績好，心靈也美，而且個個柔情似水。C班那幫臭小子艷福不淺，每天和美人們一起上課，人都特別精神。難怪他們班能夠成為精英班，是托了美人的福。」

男生們三五成群聚在一起低聲說大聲笑的時候，佐治只能捧著書對著文字發呆。他其實非常想與大家交流，不過，他的書卷味濃得讓人受不了，佐治唯有繼續做悶騷的書蟲。威廉和亨利是好友，男生不像女生那樣總是相互妒

嫉，優秀的男生總是惺惺相惜的，識英雄重英雄。我雖然沒有威廉的俊俏，不及亨利的才氣，不過，由於我是班裡唯一的留班生，加上我和學校各級女生的關係都不錯的原因，很自然地，我迅速成為中三B班的風頭躉。

在家的時候我並不愛說話。或許在外面說多了，回家只想安靜。放學後，我會約一幫同學去打球或是吃糖水。總之，不到吃飯時間我不會回家，因為老爸和老媽總是吵個不停，都是些雞毛蒜皮的事。而且他們吵架多數會挑吃飯時間。我從不勸解，今天勸了，明天又吵。我吃完飯就回自己房間，把門一關，戴上耳機，音樂聲一響，外面怎麼吵鬧都與我無關。

終於有一天，老媽走了，扔下我和老爸兩個男人相依為命。老爸每天罵罵咧咧，說老媽拋夫棄子，跟佬走路，遲早被天收被雷劈。我仔細回想老媽走之前在家裡的表現，並無異樣，找不到任何有外遇的蛛絲馬跡，怎麼說走就走，女人，真會演戲！

那以後，我對女人產生了恐懼感。以前和女生可以很隨意地交談，現在，一看見女人就躲避，和學校裡幾個關係要好的女生也少了來往。以前見到女老師會主動與她們說笑，自從變成棄子，我的幽默感與風趣統統收斂了。

二

　　中三下學期，班上來了個插班生。這下可好，同學們上課精神倍增。90%以上的回頭率不用多說就知道這是個女生，她叫漢娜，個頭比較高，被安排坐在倒數第二排，我坐在她後面，不用回頭不用側身就可以一親漢娜香澤。

　　小息時間，我的課桌圍滿了鬥志昂然的雄性物體，漢娜的出現又帶旺了我的人氣。

　　威廉寫了字條給漢娜，叫我代為轉交。條件是請我午餐，若是漢娜答應與威廉去看電影，我一個禮拜的午餐都不用自己出錢。以前可從來沒做過這種事，也不知該從何下手，我手裡捏著字條，心想，是該把它放到漢娜的課桌上呢還是找機會放進她的書包，或者，直接交給她，就說是威廉託我給她的？這張小小的紙片帶給了我煩惱。正躊躇間，漢娜轉過身。

　　「查理，麻煩你幫我告訴亨利，週六我有約了，謝謝他的好意。」

　　「妳自己不去說？」

　　「是亨利叫我有任何答覆請你轉告的，你看。」說著，她把一張署有亨利名字的字條遞給了我。

　　我突然明白，這些傢伙假我之手轉交字條和轉告答覆

是因為怕我「近水樓台先得月」。

「既然妳名花有主，威廉的字條也不用給妳了？」我用嘲諷的語氣沒好氣地對漢娜說。

被母親拋棄前我和女生的關係一直很好，是她的親和力令我在與女生相處時表現輕鬆自如。母親對我父子的不忠，嚴重傷害了我對女人的好感。父親為了報復，很快也找了新女朋友，可是，我該去哪裡找個女人代替母親的位置？原本，我已經和所有雌性物體疏遠，每天過得也倒平淡，是漢娜的出現擾亂了我的清幽。

我要求調整座位。想坐我的座位的男同學實在太多了，班主任唯獨選了佐治。估計班主任認為宅男佐治是絕緣體，只有他才適合坐在是非的源頭附近。

威廉和亨利先後吃了檸檬，心裡很不爽。他們和佐治沒有交情，想追漢娜更加無從下手。於是，大家只好把怨氣發到我的身上。

「上次家長會談，我聽到查理老爸對班主任說查理老媽跑路了，以後學校的大小事務不必再聯繫他老媽了。」

「真的嗎？沒媽的孩子好可憐！」

「所以嘛，我們不要和野孩子爭了，不就是個女人嗎？他連自己老媽都守不住，讓他得到也沒用。」

　　那天，我被學校記了大過，並要求見家長。父親得知我與同學打架的原因後，非但沒有對我表示同情或讚許，反而當眾訓斥我，說我不知廉恥，把家事到處亂說。

　　這哪裡是我說的！估計父親最近太忙，忙工作忙拍拖，完全忘記了當初母親離家後他來學校更改家長資料時親口向副校長怒數母親種種不是的情形了。從此，我顏面掃地！

　　佐治與我一起被記了大過。

　　「別人的家事與你們何關？你們有本事就自己溝女，何必找人傳話？」佐治聽到我被威廉羞辱，第一個站出來罵威廉，結果被威廉和亨利忍不住揮拳。

　　估計他們覺得被一個不起眼的書蟲責備是很沒面子的事，大家一貫認為佐治是弱男，沒想到他卻會為了其他同學受欺凌而站出來。要說是佐治為我挺身而出，還不如說是我為佐治挺身而出。那次打架後我和書蟲佐治成了好友。

　　佐治性格內向，他既不是運動型，又不是社交型，長得既不帥又不出眾，說話吞吞吐吐，毫無陽剛之氣，在學校時朋友不多，不對，是幾乎沒有朋友。為我挺身而出

後，他視我為知己，每天跟隨左右，形影不離。同學間傳開了，說佐治和我是同性戀。我也不介意，反正自從父親在學校爆料後我已經顏面無存，任別人說什麼我都無所謂。佐治更加無所謂，因為他不想失去我這個唯一的朋友。

一次，他約我去他家玩電玩。一進他的房間，佐治就把門反鎖，然後打開電腦瀏覽成人小電影網站。

「佐治，你不是說玩電玩嗎？」

「我說的電玩就是這個。」佐治指指電腦熒幕上一連串的黃色小電影鏈接。

淫穢片父親在家經常看，我對此不感興趣，想不到文縐縐的佐治居然有此愛好。

「查理，我喜歡語文老師Miss Ho。」佐治選了一部歐美的porn video，一邊看一對男女擺動不同的姿勢一邊揉捏經已隆起的下體對我說。

「Miss Ho恐怕已經有三十歲了吧？」看見佐治全情投入的樣子，我不便就此打斷他，只好坐在一邊陪伴他。

「應該有。不過，你不覺得她很有女人味嗎？」

「也是，這麼多老師裡面，也只有Miss Ho最溫柔。」我開始努力回想Miss Ho的身體及臉孔。估計此刻，佐治正幻想著與Miss Ho做愛。那天，佐治無視我的

存在，意淫了語文老師達到高潮。離開佐治家的時候，他姐姐和老媽都已回到家。佐治送我出去，他老媽一看見佐治就張開掛滿了拜拜肉的雙臂擁抱佐治，在我面前佐治有些不好意思，使勁推開老媽。這雙肉臂正欲撲向我，佐治拉著我急速衝出大門，我憑空冒了一身冷汗。

「我媽老是這樣，她根本不知道我的性器官早就成熟了。她抱住我的時候，雙乳貼著我的前胸，腹部頂住我的下體，我是會勃起的。」他說出這樣的話，與我在學校認識的書蟲迥然不同。

佐治告訴我，自從小學六年級開始，他老媽每次擁抱他，他都會亢奮。直到待我以後研究了心理學行為心理學性情情慾等等的相關學術知識後，我才明白為什麼佐治喜歡比他年長的女性。皆因他有個喜歡與他有身體接觸的老媽，他自幼熟悉了年長女性的身體，只有在成熟或年長女性面前佐治才覺得自然。

那次與威廉和亨利打架後，漢娜總是想方設法接近我。我討厭女人對我施以同情，我曾經也活躍於女人堆裡，是父母不負責任不理智的行為毀了我對女人的好感。

想不到漢娜是個相當有韌性的女生，為了接近我，她居然主動與佐治做朋友。這又引起了漢娜的仰慕者對佐治

的敵視，同時，也引起了女生的嫉妒，個別女生也開始對佐治好奇。人真是很奇怪的動物，「瘦田沒人耕，耕開有人爭」。

莫名其妙的角逐使得佐治從以前不起眼的宅男變成了icon，佐治的信心大增，連隔壁班的女生都開始留意他。不過，我知道在佐治眼裡，這些小女生是無法引起佐治興趣的，他所追求的是絕對的「熟女」。

據說，漢娜拒絕威廉，是他第一次被女生拒絕，自從敗陣後，他開始瘋狂與不同女生約會，飢不擇食得有些失控。幸而他長得帥，很多女生也願意與他同行。

聽說亨利以前從來不和女生說話，漢娜那張字條還是威廉叫他寫的，漢娜是他長這麼大第一個追求的女生。被漢娜拒絕後，亨利很是沒面子，相當失落。他與威廉關係更勝從前，二人同創相憐。

三

父親告訴我他打算再婚。說每天要工作要照顧家庭照顧我，他太疲倦，若是家裡有個女人他會輕鬆些。

父親在說廢話。自從老媽走後，我包攬了家務事，他只會給錢，一日三餐我都是自己搞定，不必他費心。我看

他是習慣了家裡有個女人，習慣了睡覺有人陪。

「男人離不開女人，女人沒有男人會活得更加精彩」，這樣的common sense也是成年後理論＋實踐的總結。

父親為了討好新娘，大搞了婚禮。我邀請了佐治，佐治帶上了漢娜。

「你打算叫她什麼？」佐治面向新娘問我。

「老爸說隨便我，可以叫auntie，也可以叫她的名字，或者叫小媽。」

「你會叫她小媽嗎？」漢娜問我。

這個問題我也想過，如果我現在才幾歲，叫她小媽會比較適合，可我已經十八歲了，她最多也只比我大十多歲，實在叫不出口。

父親說結婚和擺酒是為了一雪前恥，被母親拋棄後，直到再婚，父親才覺得自己是個堂堂正正的男子漢，為了證明他恢復了男兒氣慨，父親很快地播了種，搞出人命。我們家被老媽拋棄而產生的霧霾因弟弟的出世而正式消散。家庭的穩定或多或少帶給我和老爸安全感，老爸工作比以前積極，我學習也比以前努力，我本來預期自己高中畢業後就去找份出力的工作，由於我最後一學期的努力，

我被IVE錄取，讀酒店及旅遊課程，我把這次的進步當作是人生的bonus，老爸說這是小媽和弟弟的功勞。

Whatever

呵呵，後來我慢慢領悟到：女人對男人有絕對的影響，而男人對女人的影響卻是相對的。這個世界無非就是男人和女人的事，男人活著拼搏多數為了女人，正如老爸對小媽；而女人卻多數為了自己而活，就像老媽。

四

佐治和漢娜同時被城大錄取，他二人越走越近，可是佐治始終不敢承認他喜歡漢娜，因為他知道漢娜喜歡的是我不是他。漢娜經常去我學校找我，如果佐治也跟了來，她會對我的同學介紹佐治是她的好姐妹。佐治唯有認了，只有這樣，漢娜才允許佐治跟隨左右。我們「三人行」關係從中學開始持續了四年。

記得中學時我重讀了一年，中三（B）班男多女少，而且女生都屬於有待進化級別。可是，我現在選讀的課

程，班級裡女多男少。我發現，女生少品質劣讓男生頭疼，女生多品質優也讓男生頭疼。我父子二人被母親拋棄後，父親很快找到了第二春，從此擺脫了陰影；而我，一直找不到合適的女人代替母親的位置，估計這輩子也不可能找到「第二媽」了。被棄的霧霾經過時光的淨化經已基本消散，讀IVE時，我是班上唯一的五名男生裡的其中一名。無論樣貌資質，我都極具競爭性。學校有個老師，祖輩是算命先生。他在每個班裡抽出幾個他認為面向性格值得考究的學生，為他們算八字，排命盤。我有幸被選中做研究。

「查理，你確定自己的八字嗎？」

「劉老師，我確定。有何不妥嗎？」我記得老媽走之前是這麼對我說過，老媽雖走了，可是她為我留下了一堆抹不去的記憶。

「嘖嘖，了不起！」劉老師手握寫在一張紙上的我的命，點頭又讚歎。「班上所有男生注意了，這可是一個好兄弟；所有女生注意了，查理絕對是筍盤。」

放學後，劉老師把我單獨叫到他的辦公室，詳細為我解說我的命運。他說我的命盤是全校選出的學生裡得分最高的，再加上，EQ與IQ都屬於高分，所以，將來一定會有所成就。

自從被劉老師擺弄了命盤後，我在學校裡人氣大旺。好多女生開始主動與我打招呼。我又回復了曾經的「人氣王」。突然間，我很感激老媽，多虧她會生，我才有那麼好的命盤。

我沒有把算命的事告訴漢娜。那段時間她學習任務比較重，我們很少見面，這為我創造了很多機會。我開始頻頻約會學校裡主動向我獻殷勤的女生。女孩子真是比較單純，一聽說我是筍盤，即把持不住。唉，都想嫁個好老公。

一次，我和一個女生約好放學在學校門口等，打算去看電影。我步出校門時，那女生早已在門口等我，我剛要上前打招呼，聽到一個熟悉的聲音叫我。

是漢娜！

我急忙藏起對那女生的笑臉，尋覓漢娜的踪影。我不明白，我和漢娜僅止是朋友關係，可是見了她卻會如此緊張，這讓我感覺很糗。

漢娜站在一棵大樹下，我走過去。

「查理，我們是什麼關係？」漢娜一見我走近就問。

「朋友吧？老同學？」我把氣發在漢娜身上，埋怨她不提前打招呼就來。

「既然是朋友是老同學，那我就直說了。」漢娜顯然

有些失望。「我打算接受學校一個學長的追求。」

「妳打算什麼?」聽到漢娜說有人追求她,我突然覺得很生氣。

「學校有個學長,各方面都很優秀,而且對我很好,他最近向我表白,我打算接受他的追求。」

「我聽到了,妳又何必再說一遍。」我開始變得蠻橫。

「是你問我的嘛,所以我就再說一遍嘍。」漢娜有些委屈。

「我是問你為什麼要接受別人追求,不是叫妳再說一遍!」我的憤怒達到了極點。

「查理,你冷靜些好嗎?你剛才已經確認我們僅止於朋友的關係,連好朋友都不是,有人追求我,你應該為朋友高興才對,你又何必生氣?」

「我從來就沒當妳是朋友!」我憤怒地轉身離去。

我回到學校門口,那個女生還在等我,我拉上她頭也不回快步離去,以最快的速度逃離漢娜視線。估計此刻,漢娜正用她鹹澀的淚水洗著臉。

「你想和我做嗎?」我邊拉著女生急速向前走邊問她。

「做什麼？」

「做愛！笨蛋！」

估計那個女生被我連續的動作與問題嚇到，一時答不上來。

我也不管她意願如何，截停一輛的士，把女生塞進車廂，我跟著跳進去，讓司機載我們去之前我常帶女生去的一家時鐘酒店。

那天，我不舉。我滿腦都是漢娜的影子，根本無法勃起。

之後，網路上一下傳開，我是某某IVE學校的陽痿男。

我第二次因為漢娜而受創。第一次間接為了她和同學打架被記大過；這次直接因為她我成了傳言中的「陽痿男」。之前和我好過又被我飛掉的女生沒有一個站出來證明我絕對不是陽痿男。女人絕對不好惹，得罪一個女生，就得罪了全校的女生。女人對男人的仇恨有著瘟疫般的傳染力。

第三天，佐治來學校找我。他一見我就罵。

「你是冷血的？漢娜守在你身邊那麼多年，你居然說

她不是你朋友？你是什麼心態？你媽沒教過你要愛護女人嗎？」

最恨別人提起我媽！我掄起拳頭就向佐治頭上砸去。佐治也不甘示弱，我們在球場扭打起來。我把最近的怨氣全部發洩在佐治身上。

「說我媽沒教好我？」

「說要接受別人的追求？」

「說我是陽痿男？」

我一邊揮拳一邊破口大罵。

巡邏的警察制止了我們。原本要我和佐治都去警署，佐治對警察說我們是好朋友，打架只是胡鬧而已。警察抄下我們的身份證，警告了幾句，放過了我們。

佐治去附近的便利店買了兩瓶水回來。我的氣沒有全消，不過還是接受了這瓶水。打架出汗多，口渴。

我和佐治靠著球場的籃球架坐下。

「對不起，我不該提起你媽。」佐治首先向我道歉。

我靠著鐵架，喝著水，擦著汗，腦袋裡一片空白。

「漢娜拍拖你為什麼要生氣？你又不喜歡她。」佐治了解我，他知道我接受了他的道歉，所以又問了其它問題。

「是呀，我為什麼要生氣呢？有人追求她是好事啊。」我喃喃自語。

「你是不是喜歡漢娜？」

「不可能，如果我喜歡她，沒理由自己不知道啊。」

「告訴我，你和漢娜在一起有什麼感覺？」

於是，我開始努力回想與漢娜一起時的自我感覺。

我發覺，和漢娜在一起，我有一種舒適感，安全感，溫馨感；和其她女性在一起，我只是為了與她們做愛，一旦性慾得到滿足，我就開始對對方產生厭棄。我也曾經幻想過與漢娜做愛，可一旦淫念起，我就覺得褻瀆了漢娜。原來，漢娜在我心目中如女神般神聖不可侵犯！多年來，漢娜一直守護著我，她的關懷漸漸治愈了我被母親拋棄的傷痛。而我卻從來沒有去真正想過漢娜對我的生命有多重要。直到漢娜要離開我！

「佐治，我不能沒有漢娜！」我衝口而出。

「知道了！」佐治默默回答我。

我拜託佐治替我向漢娜轉達了我對她的感情。漢娜不是玩手段耍心計的女孩，她接受了我，拒絕了學長。佐治成了我和漢娜的牽線人。

我人生中總共只打過兩次架，第一次打架，直接因為母親間接因為漢娜，第二次打架間接因為母親直接因為漢

娜。打架令我明白，我生命中最重要的兩個女人，一個是母親，另一個，是漢娜。在母親和漢娜兩個女人面前，我絕對是弱男。

五

「你還記得威廉和亨利嗎？」趁電影尚未開始，漢娜小聲問我。

「記得，高中時我和他們打過架。」

「你看前面。」漢娜指示我。

我順著漢娜所指的方向看去，果然是威廉和亨利，他們就坐在我們前排靠牆的位置。

「聽說，他們兩個是……」漢娜伏在我耳邊吞吞吐吐。

「是什麼？」我追問。

「你自己看吧。」漢娜就是不肯說。

這是一部愛情片，這種電影在戲院看實在是浪費，不過漢娜喜歡，我也只好陪她。每次看這類影片我都要裝作很感興趣的樣子，最讓人鬱悶的是，看完電影後漢娜會問我一些電影的情節，她想和我討論，如果我答不出，她會

比較生氣。然後我又要道歉又要想辦法氹她歡心。唉，女人真是天下間最麻煩的物體。後來我才知道，拍拖時女人有這些麻煩表現的原因之一是雙方尚未發生性關係，女人天生對男人有從屬感，不過一定要男方用自己的長短探測到女方的深淺後才會激發女性對男性的從屬感，換言之，當你的陽具進入女性身體的同時，也就80％以上的可能性征服了她。雖然現代女性多有不承認，可這是事實，是天性，有醫學與心理方面的報告證明這一說法的科學性。

　　電影開演，我也無暇去研究威廉和亨利，硬著頭皮偽裝很是投入的樣子，幸好剛喝了一杯咖啡，否則我的上眼皮會完全符合牛頓的萬有引力論像熟透的蘋果般掉到下眼皮上。我不傻，專心最多兩個小時可以省去一天甚至幾天的煩惱。

　　「你快看。」漢娜突然用手臂碰碰我，叫我望向威廉和亨利的位置。

　　兩個短頭髮的傢伙在螢幕下旁若無人地親嘴。

　　「原來他們是……」

　　「是的，他們是……」

　　我不禁回想起當年他們為了漢娜爭鋒吃醋的情景。

　　「這是不是妳促成的？」我開玩笑對漢娜說。

漢娜瞪我一眼，視線又回到銀幕上。

我估計這場電影漢娜不會有太多的問題問我，因為她自己也沒有全神貫注，我也就乘機面向銀幕眼睛半睜半閉佯裝看電影卻在養神。

電影散場，我幾乎忘記了威廉與亨利的存在。影院燈光通亮，觀眾紛紛離座。我和漢娜站起來正要離開，威廉把我們叫住。

我們四個人離開戲院去吃糖水敘舊。

「查理，漢娜最終還是讓你得到了？」威廉問。

「不是他得到我，是我得到他。」漢娜毫不掩飾自己對我的感情，這也是我喜歡她的原因之一。

「讀書時，你和佐治整天出雙入對，我們還以為你們是一對呢。原來，我們都看錯了。」威廉笑著說起往事。

我心想，當初還以為他二人喜歡漢娜，原來我也看錯了。

「多虧你們為了追漢娜而和我打架，否則我也沒機會抱得美人歸。」我說這話倒是事實，當年若非他們欺凌我，漢娜也不會對我產生同情，更加不會留意我。

威廉和亨利對我們坦白了戀情，威廉倒是很大方，亨利有些扭擰。我很想知道他們為什麼會走到一起，於是，我們又約了下次見面。他們很爽快就答應，估計是因為我

和漢娜能夠接受他們的關係吧，在我們面前，他們無需做狀，無需遮掩。

我雖沒有很特別之處，不過我對朋友很熱心，有些義氣，有正義感和同情心，包容心強……這些優點，全靠漢娜挖掘與啟發才得以發揚，她總是看到人性好的一面，可能是被她提醒的多了，自然地，我的個性也就順著這些方向發展開來。

我漸漸發現自己有個特點，我對人性有濃厚的興趣，後來，在漢娜的鼓勵下，我建立了自己的事業，我個性的特點成為了我事業得以發揮的專長。

我總結，男歡女愛並非看表面，而是看雙方在一起時對彼此產生的影響，化學反應的好壞才是決定二人關係遠近的重要因素之一。如果兩人極其投和但是相互間不能促成或輔助，就不是一段美好的緣分。

威廉問起佐治，我才突然想起，自從他為我和漢娜牽線，就與我們漸行漸遠……

於是，我叫漢娜把佐治也約上，參加我們兩對戀人的聚會。

佐治聽說我們是戀人約會，也不甘示弱帶了一個比他

高兩屆的女生赴約，一行六人去太平山行山。佐治早已知道威廉和亨利的戀情，所以他不覺得奇怪。我主動和威廉聊天，基本了解了他和亨利相戀的原因。

中學時期，威廉是校草，他的帥氣不必再多說。外校的女生為了一睹草顏，特意與本校女生接近，放學後，學校門口出現很多穿著外校校服的女生。待威廉出現，女生們馬上聚到一起竊竊私語，用手掯著嘴小聲地尖叫著。亨利成績優異，性格穩重，平日喜愛健身，故此身材健碩。他在學校人緣不錯，也有很多崇拜者。二人都是優秀的男性，也確實是在漢娜面前碰了灰，才開始過往從密。他們約好報考同一大學，結果如願。威廉自幼被女人寵愛，本來近水樓台先得月，可是現在的女生越來越主動，他的優越感令他喪失了追求女性的能力，自從被漢娜拒絕後，他對女性開始濫用情。

「威廉，我記得你一直都是活在女人的寵愛下的。」我問。

威廉說：「現在的女人要麼太主動太隨便，要麼莫名其妙的清高公主病嚴重，已經失去了追求的刺激與意義。」

　　亨利表面看品學兼優，原來內裡很自卑，皆因自幼母親管教過嚴，在性慾最旺盛的青春期，承受太多來自於母親的壓力，導致他在女性面前不舉。在女性面前無法證明自己的威廉與亨利開始頻頻相約，看電影，做運動，朝夕相對而產生了情感，可算是惺惺相惜，同病相憐的一對鴛鴦。

　　我看著威廉與亨利這對弱男，突然對漢娜說：

　　「漢娜，將來我們有了兒女，你作為一個母親，絕對不能像佐治老媽那樣老是去擁抱兒子，否則長大會像佐治一樣變態；也不能像亨利父母那樣管教過嚴，導致兒子不舉。也最好不要長威廉這般俊俏的臉脆弱的心。」

　　「漢娜有說過要嫁給你嗎？」佐治總是替漢娜說話。

　　我一生都慶幸漢娜和我有佐治這個朋友。

　　後來，我的工作經驗告訴我，男人的不舉多數原因是壓力與女人的反應造成，越優秀的男子越容易被異性傷害。基因改造食品，工作與生活的壓力，以致女孩的出生率越來越高，社會進步與男女社會觀人性觀的改變，產生越來越多像男人的女人以及像女人的男人。小孩在成長期壓力過大會導致心理變態，性變態，甚至陽痿或性冷淡。這就是為何越來越多的男男女女同性戀者誕生的原因之

一。我好想呼籲天下間越來越強勢的女性，收斂一下風頭，還男人一片天下吧。還有那些愛惜子女的媽媽們，讓你們的兒子威風地成長比拼命去壓抑約束管教他們效果要好得多。

六

從太平山望下去，一片樓海，盡覽無遺。我蹲下來，從山道的鐵圍欄拍照，所有的建築全被困在鐵欄裡，城市人猶如生活在牢籠，每天與命運抗衡，譜寫自己的獄中曲，有壯麗，有悲戚。

「查理，你和漢娜有沒有……」歇息時，佐治問我。我知道佐治在問我是否已經和漢娜發生了肉體關係，我看他和高年級姐姐的親暱樣，估計已經走出了單戀漢娜的陰影。

「還沒。」

「你覺得她沒有魅力？」

「不是，時機不成熟。」我沒有對佐治解釋太多，我知道我對漢娜是認真的，所以不想太快發生肉體關係，我覺得這是對漢娜的尊重。因為我試過幾次和其她有好感的女生做過，一旦得到對方的身體我就會漸漸對她們失去興

趣，不想再見面。我怕同樣的事會發生在我和漢娜身上，所以一直與她保持柏拉圖式的精神戀愛狀態。

「你真是白痴。漢娜對我投訴過幾次了，說你不願意碰她的身體，估計你不是真心喜歡她。以我的經驗，女人一旦對你投放感情，就想獻身。這是我從姐姐們身上學到的。」佐治說這話時甚是自豪，與年長女性交往的確可以令在情感方面幼稚簡單的男性成熟。

佐治說的話我記在了心裡，我回想最近漢娜對我的態度確實有些冷淡。於是，我精心策劃了一次性交的機會。

我選了一部漢娜喜愛的電影，每看到男女主角甜蜜的鏡頭，我就開始撫摸她的大腿，並時不時摟住她的腰，再把她擁入懷中，讓她靠在我的胸膛，我低頭把嘴湊上，讓她的喘息聲在我的嘴裡迴盪。我這一系列進取的表現的確有效。漢娜在我的挑逗下反應很是強烈，她的反應同時也激起了我的性慾。看完電影，我帶她去吃了點東西，然後又和她去九龍公園散步，並主動與她討論今天電影的內容。夜風清涼，公園裡隨處可見情侶，我找了一個較為隱秘的角落，又把漢娜擁入懷裡，我們激烈地親吻，漢娜的身體在我懷裡顫抖，她把頭深埋在我的胸前，胸部起起伏伏地壓著我。此刻，我們聽到彼此的心跳，心很近，只差

赤裸相見。

「漢娜，不如我們去開房吧。」

「你真想這樣？」漢娜附在我胸膛細聲說。

「是，其實我想了好久了，只是害怕妳會拒絕，所以一直遲遲不敢開口。」自從佐治告訴我漢娜對我有所抱怨後，我就預先設計好台詞，以備不時之需。

「那你會不會像對其她女子那般對我？」該死的佐治，把我的事告訴了漢娜。

我不知該怎麼回答。半餉，我才厚著臉皮問她是什麼意思。

「我早就知道你與其她女子發生過關係。別忘了我們沒有拍拖之前是朋友。」

這一層我倒是疏忽了。我問漢娜是否介意，她說不介意，證明以前那些女友只是征服了我的身體，並沒有征服我的靈魂。我的心裡沒有適合她們停留的位置。

認識漢娜那麼多年，她總會有打動我的地方。我知道，我的伴侶非她莫屬。我又問她是否願意去開房。

「我想去。不過我是基督徒，受過洗禮，嚴格遵從教規。」

「妳怕我會像對她們那樣對妳？」

「我說真的。除非我們結婚，否則再相愛也不會有婚

前性行為。」

「那妳為何還要向佐治投訴我不願意碰妳的身體？」

「我並非想要破戒，而是想透過你對我的行為確定你對我的感情。」漢娜果然聰明。

我摸摸褲袋裡的避孕套，精心策劃的性事就這樣被耶穌的教條毀了。

不過，後來我之所以能順利與漢娜結婚，也多虧了耶穌老兄對漢娜的教誨，否則，我可能真的會像對其她女子般對待漢娜，一旦碰過對方身體就失去了新鮮感。至於婚後為何仍然能夠保持與漢娜夫妻間的性事，我估計是因為婚姻使得我對漢娜有了安全感，被母親拋棄的後遺症因一紙婚約而徹底得到拯救。對多數人來說婚姻是愛情的墳墓，對像我這樣被女人深深傷害過的弱男，婚姻正好是幸福的湯藥。

我慶幸自己找到了一個懂我的女人，多虧了漢娜的耐性和信仰，我們才能夠結合。漢娜自幼接受的是傳統的女性教育，她個性與習性的優點，啟發了我對現代女性新的看法。

在漢娜的鼓勵下，我做了dating master。城中越來越多像我，像佐治，像威廉和亨利這樣的弱男，女人越來

強勢，以致男子們的男兒氣概失去了光芒。科技的發達令人們距離拉近了，心卻隔遠了。網路使得男男女女面對面互動的能力退化。我希望以我對人性的了解與洞悉，幫助天下間的痴男怨女找到彼此。

　　這是個混亂的世界，男人迷糊了，女人迷路了。

嗷～嗷～

　　阿炳今天一定要把客廳的電視牆造型開好模具。所需要的七分板及木線等材料均已到齊，堆放在客廳的一角。他把電視牆的詳細施工圖攤開放在工作檯，依照尺寸在七分板上仔細地畫著線。

　　十月，是香港最熱的月份。施工地到處是塵埃，做裝修期間不能開冷氣，風扇更不能開，阿炳只穿了一件黑色背心和一條牛仔短褲，此刻，他已是大汗淋漓。帶來擦汗的毛巾經已濕透，背心濕透，就連牛仔短褲的褲頭也濕透，淺藍色變成了深藍色。七分板上，滴滿阿炳的汗水，汗水在木板上滲開，形成各種圖案。

　　這是西貢區的一棟兩層高的豪宅，四面通風，採光度極高，早上的陽光以高度的熱情毫不客氣地穿透各扇窗戶，照射在房間的每個角落。阿炳和另外兩名木工學徒都脫了上衣，汗水＋脂肪如地下水般源源不絕從皮膚涔出，三個男人被汗水包裹，在陽光的照射下，散發著狂野原始的男性氣息。

　　快將午時，阿炳放下手頭的工具，打算歇息片刻，正欲外出午餐，設計師葉小姐說正與戶主來工地巡視。不出

十分鐘，葉小姐就帶著戶主進了門。戶主是位雍容華貴的中年女士，她旁邊的男士看上去比她年輕很多，西裝打扮，皮膚白嫩，書生味濃厚，有種病態美。阿炳不敢妄自猜測他們的關係，有錢人的世界比普通人複雜得多。戶主叫潘太，神情高傲。她從進門就沒有正視過阿炳，反而對阿炳的兩個學徒表現友善。

潘太對葉小姐交代一番，二人受不了蒸籠式的施工現場，匆匆離開。

三個男人穿好上衣，與葉小姐一起出去午餐。

葉小姐說潘太是寡婦，丈夫去世後留下生前經營的一家百貨公司及大筆遺產，諾文是她的秘書。聽外界謠言，潘先生是被太太謀殺的。據說因為潘先生長期不舉，潘太帶潘生去看中醫治療，並每天在丈夫的藥裡加入其它成分以致中藥有毒，最終造成丈夫腎衰竭死亡。

「那個小白臉估計是潘太包養的小情人。」可能葉小姐和裝修佬打慣交道，說話免不了粗俗。

阿炳對葉小姐並沒有好感，要不是她的工程價錢好，他是不會與這種市儈的女人打交道的。

西貢別墅的工程進行得很順利，很快地，潘太就搬進了自己的豪宅。葉小姐與阿炳也順利收到了裝修的款項。

　　項目完工後，阿炳打算短期休息一段時間。除了陪伴太太外，每天還去健身房運動。健身房多了新面孔，有一位女士總是出現在阿炳左右，她看上去很面熟，阿炳總也想不起在哪裡見過。

　　直到一個男子來找那位女士，阿炳才想起來她是潘太，那個男子是諾文。諾文看見阿炳略帶不悅，不過，情緒很快就平復。

　　「裝修佬，你在這裡正好，潘太家裡有些地方需要維修，你找個時間過去看看吧。」諾文對阿炳說話很不客氣。

　　阿炳並不介意，他的職業閱人無數，或許在阿炳眼裡，諾文只是潘太身邊一條狗而已。

　　阿炳和潘太約好了時間，潘太說最好是晚上，因為白天她多數不在家，菲傭不知道裝修哪裡出了問題。諾文站在一旁，低著頭，鎖著眉，拿著ipad的手因過分出力而青筋爆現，他在ipad上記下日期便催促潘太離開健身房。

　　夜間九點，阿炳一般不會答應客人這麼晚見面，不過潘太堅持說自己白天工作太忙，只有晚餐後的時間最空閒。維修工程沒有必要通知設計師葉小姐，於是，阿炳隻身前往。

　　西貢的夜風帶有海水的鹽分，吹在臉上黏黏的。阿炳把工程車停在了潘太樓下，他抬頭看看二樓的主臥室，窗簾緊閉，燈光若現。阿炳按了門鐘，沒有人應門，他站在門口呼喚了幾聲。只聽「啪」的一聲，大門打開了。

　　「你來了。」大門只微微打開，透過門縫露出大半張慘白的臉，阿炳不禁往後退了半步。待他仔細看清楚，原來是諾文。

　　「哦，是諾文！」阿炳覺得諾文今晚的臉色比以前更加蒼白，在月光和燈光的混合照射下，白得發青，毫無生機，甚至顯得詭異。

　　「潘太在樓上，你自己上去吧。」諾文說話的語氣比他的臉色還要蒼白。

　　原本堵在門口的諾文把門打開讓阿炳進去。趁阿炳不留神，諾文鬼魅般瞬間離開了。阿炳只聽見關門的聲音，連諾文的背影都看不到。客廳的電視機在播放韓劇，偌大的客廳只開了壁燈。房間裡的一切都是阿炳熟悉的，他曾經在這裡逗留超過三個月，屋裡到處沾滿他的汗水。

　　樓下沒人，樓上也傳來電視聲，阿炳站在客廳不知該如何是好。這時，有聲音從樓上傳下來，是叫阿炳上樓。阿炳猶豫片刻，他隱約覺得似乎不該輕率地上二樓，因為二樓是主人套房。此刻已是月夜，如果潘太家的菲傭不

在，就只有潘太獨自在家，他貿然踏進女主人的睡房似乎不太妥當。

「潘太，我是阿炳，和妳約好來看維修的。」阿炳對著二樓說。

「阿炳，快上來吧。」那聲音又在呼喚。這次阿炳聽出是潘太的聲音。

「潘太，這麼晚了，我上去不方便，不如你下來告訴我哪裡需要維修，可以嗎？」

「樓上也有需要維修的地方，先看二樓。」潘太再次催促阿炳上二樓。

看來，阿炳是無法逃避「上二樓」的命運了，他希望盡快問清楚潘太維修事項，然後盡快離開。於是，阿炳來到二樓，二樓沒有間隔房間，被設計成一個開放式的總統套房，非常豪華舒適。阿炳一打開兩扇厚重的房門，就看見潘太躺在圓形大床上，身穿奶黃色絲綢睡裙，豐滿的身軀玲瓏浮凸，阿炳不敢再走上前。

「諾文走了嗎？」潘太側躺在床上，看都沒看一眼，就問阿炳。

「是的，潘太，諾文走了。」

「你先坐下休息一會兒。」潘太繼續躺著說，依舊沒有看阿炳。

　　阿炳覺得尷尬，房間除了一張大圓床，就只有梳妝台
的軟椅和旁邊的一張淡紫色絲絨貴妃躺椅可以坐，不過，
一坐下就會面對潘太。

　　「潘太，麻煩妳告訴我哪些地方需要維修，我自己去
看就好了，或者我改天再來。」

　　這裡的氣氛讓阿炳很不自在，他隱約覺得有什麼事即
將要發生。

　　「算了，不要改天了。」

　　潘太下了床，她帶著一雙豐滿活躍的乳房走向阿炳，
她下體的陰毛很茂盛，在奶黃色絲綢睡裙下若隱若現，潘
太走動的時候，阿炳覺得潘太雙腿之間猶如夾了個海膽。
這個女人渾身上下散發著的雌性動物氣味如狼似虎般氣勢
洶洶地撲向阿炳，阿炳不禁後退幾步。潘太毫不避讓，繼
續攜著一身蓬勃的性器官向阿炳靠近。

　　「潘太，請你自重！」阿炳希望喝止這頭兇猛的雌
獸。

　　阿炳根本不知道，早在三個月前為潘太做裝修時潘太
就看上了他。那天阿炳正在做木工，設計師葉小姐和潘太
突然到了現場，由於太熱的原因，阿炳當時赤膊工作。在
健身房的巧遇並非偶然，也是潘太刻意安排的。

潘太不到五十歲的樣子，風韻猶存，由於保養得宜，看上去最多四十歲。如果設計師葉小姐說得沒錯，她丈夫生前在性事方面無法滿足她，相信丈夫的去世會為她的性事帶來很多方便。一個過度性飢渴的女人是無法抑制欲求的，性慾一旦激起，即如山洪般決堤，如火山般爆發，勢頭洶湧，無從阻擋。自從在裝修現場見過阿炳後，他結實健碩的上身，裹著汗水的健康膚色，粗壯的雙臂，結實的臀部，生長了濃密腿毛的雙腿……阿炳無意間挑起了潘太的性慾。而她的小情人諾文最多只能被稱為男人中的女人，或是像女人的男人。她一定要得到阿炳，一定要佔有他，一想到阿炳，潘太就呼吸急促，臉部發燙，頭皮發麻，像吃了辣椒的感覺，下體開始收縮，並滲出愛液。

阿炳見潘太撲過來，急忙伸手想阻攔。沒想到潘太卻順勢把胸部挨進了阿炳的掌中，阿炳被逼向牆角，那雙豐乳緊緊貼著阿炳的雙手。潘太的舉動太突然，阿炳完全無法應對。阿炳不好意思再托住潘太的乳房，可他一縮手潘太就把身體滑進了阿炳的胸膛。她正欲獻上雙唇，阿炳急忙用結實有力的雙臂推開她。

「潘太，請自重，我有老婆啦。」

「我知道，你老婆滿足不了你。」

「妳怎麼知道？」阿炳的太太自從被診斷患了宮頸癌後，就拒絕與阿炳做愛。醫生說過即便是把子宮割除，也可以正常性交，可是阿炳的太太始終無法走出心理陰影。阿炳很愛自己的太太，為了證明無性夫妻一樣可以幸福，阿炳選擇健身與運動消耗多餘的體力，並開始食素，希望減輕自身的慾念。

有錢就是可以任性，潘太找私家偵探查過阿炳。阿炳對失性太太的不離不棄更加助長了她對他的渴求。她回想自己曾經與阿炳有同樣的經歷，作為一個體會過性交快感的女人，更年期前奏對性的欲求比任何時候都要強烈，她完全無法忍受丈夫當時的性無能。於是她⋯⋯潘太不敢再想下去，生怕有人窺竊她的思想。

阿炳出盡全力推開充滿獸性的潘太，倉皇跑下樓，當時，他恨不得自己能夠直接從二樓跳下去。阿炳急步逃離這間充滿雌性慾望的豪宅。

那夜，潘太無法得逞。她並不甘心。

阿炳回到家，一想到潘太豐滿的身體就心潮澎湃，他

怕引起妻子的誤會，急忙換了短褲背心出去跑步，希望把被潘太這頭雌獸燃點的慾望快速排出體外。阿炳的太太自從患了病，日漸消瘦，她的心理無法與病魔抗爭，即便阿炳努力證明自己對她的愛，可她就是無法重拾歡顏。阿炳從此小心地呵護太太，不希望令她受到任何刺激。可是，阿炳並不知道，潘太雖然沒有得逞，她這團烈火在自己內心卻留下了火苗，漸漸燃點起阿炳。任阿炳如何靠運動消耗體能，任他再如素，他畢竟是有正常性功能的男子，性的需求自母嬰期吮奶時就開始了，這一切都是造物者所賦予。

正所謂：牛也吃草，還不是一樣有需要！

阿炳正在跑步，他手持的電話傳來陣陣的牛叫聲，這是他設置的電話響鈴聲。阿炳停下步伐看手機，是潘太的冷面秘書兼情人諾文的來電，他不禁打了個寒顫。

阿炳沒有接聽諾文的來電，電話鈴聲不停地響。

哞～哞～

哞～哞～

勝記與妻

一

　　客廳傳來妻響亮的訓斥聲，繼而是孩子們此起彼伏的哭鬧聲。

　　妻又沒關房門，勝記把手垂到床沿，摸到一隻拖鞋，循著哭聲傳來的方向狠狠地扔去，拖鞋砸在了門簷上，屋中頓時安靜下來，勝記滿意地笑了，閉上眼繼續躺在床上。

　　「看，把爸爸吵醒了！」妻見丈夫醒來，便收起了潑辣。
　　「好了好了，你們全部出去玩吧！」
　　話音才落，幾個孩子就帶著尖叫聲歡呼著跑了出去。

　　妻躡手躡腳的來到勝記床邊，輕輕的坐下，並柔聲說：「勝記，你醒了？」

　　勝記像條乾魚似的一動不動。妻見勝記沒有反應，繼

把上半身壓在勝記身上，勝記的胸膛雖不如年輕時那麼結實，可依然寬敞。他只靜靜的躺著，感受著妻那兩個肉團在自己胸口滾動，一道暖流從胯間湧起，憋了一肚子的氣隨即消失無影。勝記閉著眼，心想：「死婆娘，只會來這一套！」隨即乾咳了兩聲。

妻知道這招管用，又立即把手伸到勝記頸後，雙手環抱，把臉緊緊地貼在勝記的臉上。勝記的臉開始升溫，他用粗壯的雙臂環抱妻，欲把她拉上床。

「衰佬，快起來了，昨天答應顧老闆今天要送幾條好魚過去的；蓮姨要的田螺同蜆又加量了；順記說今天送貨時間務必要準時，如果再遲的話，以後就改要華表弟的海鮮了……」。

妻喋喋不休地說起來，勝記感覺就像從三伏天來到了三九天，可他還是不甘心，雙臂仍舊纏在妻的腰際不放。

「快放手了，把今天的貨全部送齊，晚上讓你做神仙！」妻伏在勝記耳邊嬌滴滴地說，說完自己「咯咯」笑了起來。

勝記這才鬆開雙臂，一臉的無奈。懷裡的妻馬上掙脫並站起來，重重地呼了口氣。

勝記頭枕著雙臂，瞇起眼，眼睛周圍堆滿了皺紋，乍

看，那是一塊兒舊布料，剛從箱底翻出來，又黑又黃又皺。妻本頗有姿色，這幾年住在海邊被海風吹多了，當初那粉嫩的臉蛋變得黃黃的厚厚的，像生了銹般。勝記看著眼前這個發福的女人，皺起了眉頭，額間堆滿了深坑。勝記心想：幸虧這幾年叫她生個不停，否則，這女人哪裡養得熟？說不準哪天跑到華表弟懷裡去了！

二

當年媒人婆上門提親時，妻才十五歲。娘家捨不得她太早過門，硬說要待女兒十八歲才出嫁。勝記唯有耐心地等她長了三年，過門前幾天，勝記說要先看看未來媳婦兒長的什麼樣，便叫母親使媒婆去傳話。

去女方家裡那天，勝母邀了一幫親戚前往，女方家長一見這仗勢，好不尷尬，那剛剛長熟有待出嫁的少女更是羞得躲在房裡。茶敬了一圈又一圈，話說完又說，媒人婆去請了好幾遍，姑娘就是不肯出來。

勝記心裡著急，坐在一旁的華表弟低聲對勝記說：「你未來媳婦該不會有什麼缺陷吧？要麼醜婦一名？」

這話被勝母聽到了，她狠狠地瞪了華表弟一眼，遂站起身來，衝著未來親家母說，

「哎呀，親家母，你家閨女臉皮薄，來來來，咱們一塊兒去請她！」說完拉上對方和媒人婆，直往女孩房間去。

沒多久，一個面如桃花的少女被三個老娘簇擁著步出房門，廳間一片嘖嘖之聲。勝記見了，放下心來，他瞅瞅華表弟，只見對方直勾勾的眼神盯著自己的未來媳婦兒，口水都快流到她身上去了。勝記不禁打了個冷顫。

回家的路上，勝母一直不高興也不說話。

到家後，勝母正色對勝記說：「勝記，這老婆娶不得，我要找媒人婆把婚退掉，最多賠點錢！」

勝記哪裡幹！自見過面後，他就住進了姑娘的心房。

現在勝記擔心的倒不是此女的美貌，而是華表弟的為人。華表弟在外的聲譽向來不好，勝記怕夜長夢多，叫母親去找媒人婆，就說不到婚姻註冊處排期了，要女方和他去找律師註冊結婚，這樣節省很多時間。勝記並要媒婆交代對方去律師樓之前不準出門，且任何人都不許見。

喜宴那天，華表弟摟著勝記一邊不停地說著恭喜的話，一邊往死裡灌勝記喝酒，而眼神卻始終勾在新娘身上，心裡還不停盤算著什麼。

那晚，勝記高興，喝了不少酒，待賓客盡散，他才跟跟蹌蹌地去找他的新娘。

一想到小嬌妻，勝記就渾身發癢，他躡手躡腳的打開房門，一條黑影突然竄了出來，當即把勝記的醉意嚇醒七分。他立馬抓住對方，並「咿咿呀呀」地叫個不停。

「老表，是我！」對方忙不迭叫道。

勝記把對方扯到庭院。

月色下，華表弟堆滿了笑，一張臉紅白相間。

「老表，我覺得你這老婆靠不住，專門過來找你提個醒的。」

勝記是個老實人，他聽華記這麼一說，著急了，又「咿咿呀呀」起來，可雙手仍舊揪著華表弟不放。

華表弟使勁掰開勝記的手，拍拍勝記的肩膀，定了定神色。

「老表，我們從小一起長大，我見你是老實人才斗膽來找你。我看你該像你姨丈我爹學習，他當年為了不讓我媽你珍姨變心，一把我媽你珍姨娶進門兒，就讓她生個不

停，你看，你珍姨我媽當年嫁給我爹那會兒，也才十八九歲，和你老婆差不多，我爹那厲害，十年生七個，我媽生完我也才三十不到。對女人來說，三十歲也還，可對於一個三十歲生了七個孩子的女人來說，可就是另一種人生了，就算她美若天仙，也沒人敢要，你說是不？」

待他一口氣說完，已不像初被逮時那般驚慌。

華表弟這話倒真，曾經聽母親提起過，姨丈當年娶了珍姨後，日防夜防，把珍姨像賊一樣的看著，珍姨受不了，找母親訴苦，母親是家中大姐，她心疼小妹，把妹夫叫到家裡訓斥了一頓：「你要老是不放心，就叫小妹替你多生幾個孩子，她不就跑不了了！」

這話姨丈還真聽進去了。直到現在，姨丈逢人就洋洋自得地說：「女人哪，你把她娶進門，就要不停地把她肚子搞大。生一個兩個沒準兒跟人走；生三個四個沒準兒對你好；生五六七八個，準陪你到老！」

華表弟說完匆忙就走，身影瞬間融進了夜色。

勝記是個老實人，可他也是個精明的老實人。對於華

表弟所言，勝記深信不疑；可對於華表弟深夜來訪並偷偷摸摸竄進新娘房間，他可是懷疑的。

「哎呀，可別被這小滑頭撿了個便宜去！」一想到此，勝記三蹦兩跳直奔新娘而去。房中燭光昏暗，新娘的臉好好的藏在紅蓋頭下，勝記大步向前揭去那塊紅布，忙不迭地把新娘按在床上。

洞房後，勝記趕緊把燈打開，他把新娘趕下床，把繡有金燦燦的龍鳳圖案的紅被褥全扔到地上，撅著屁股趴在床上到處看，待他終於尋到那點點的「紅」跡後，才滿意的笑了。新娘光著身子怯怯地站在一邊，看在眼裡，委屈在心裡。

「剛才華表弟來過，他說是找你的。」

勝記「嗯嗯」了兩聲，示意妻把床褥撿起來上床睡覺。

三

妻又回到廚房忙碌著，晚上有客人訂了餐來吃海鮮餐，妻要提早做好準備。這幾年，孩子越生越多，光靠勝

記賣海鮮的收入，是不夠一個日益龐大的家庭開支的。生活所逼，勝記妻練就了一手好廚藝，她偶爾會接待來大澳的遊客。能夠吃上當地村民做的地道住家菜，對於城市人來說，比任何珍饈都要美味。

勝記懶懶的下了床，早餐已備好，漱口的杯裡裝滿了水，潔白的牙膏整整齊齊地躺在牙刷上，一條濕毛巾疊成四方塊兒擱在臉盆邊。這一切，勝記看在眼裡喜在心頭。他暗自慶幸當年從了華表弟的計，這八年來，就沒讓妻的肚皮停過。雖沒像珍姨那樣生七個吧，怎麼的也生了五個。硬把當年那如花似玉的小嬌妻給弄成了個大胖女人，想她走出去也沒人要了！

當然，為了養活日愈龐大的家庭，勝記這些年也沒少吃苦。可再苦，勝記也認為值得。每天，當勝記拖著疲倦的身軀賣漁而歸，家裡雖然是吵了點，可一進門就飯香撲鼻。妻是自己的，孩是自己的，家裡不再像以往那麼寬裕，可勝在一切都好端端的。

勝記今天起得較晚，吃完早餐，勝記急忙提上妻備好的午餐和煙斗，匆匆步出門外，正在玩耍的孩子們一見父親，立即圍了上去，簇擁著送父親離開。

聽到汽車啟動的聲音，妻才從屋裡走出來，向已開車馳去的勝記揮手笑別，並叮囑他早歸。待勝記的貨車漸漸消失在大澳的晨霧中，妻放下手，並收起了笑容。

「死啞巴，當初要不是靠你幫父親還賭債，誰才要嫁給你！說好兩年把債還清的，你可好，拖了五年才還上。我八年給你們鄧家生了五個孩子，這現在又懷上第六個了，怎麼說也是你啞巴賺了！」

飛越精神病院

一

桌面凌亂不堪，各類書籍三五成堆，眼藥水，香口膠，乾濕紙巾，巧克力，花生，杏仁，筆記簿，錄音器，ipod，紙，筆，護手霜，白花油，老花鏡，鏡子，髮夾，頭箍，按摩器，電話……雪茄抽了一半，放在厚實的玻璃煙灰缸裡，不經撩擾即失去了繼續燃點的力量。

我的思維與音樂和雪茄的餘煙纏繞在一起，時而再混入點酒精刺激，它們已經熟悉了彼此的味道。是該整理文字的時候了，可是我卻毫無頭緒……正欲小睡片刻，門鈴響，是周麗莎。

麗莎一進門就說：「妳在幹什麼？妳看妳的桌面有多凌亂。」

「我在整理即將要出版的短篇小說集。找我有事嗎？」

「忠柏和怡馨下個月結婚，他們叫我把請柬給妳。」

「終於結束愛情長跑了！恭喜他們。」我接過麗莎手中的請柬，請柬印得很精美。

「忠柏說，是妳間接促成了他們的婚事，所以請妳一

定要參加他們的婚禮，見證他們的人生展開新的一頁。」

麗莎邊說邊走去廚房冰箱取了一罐啤酒在沙發坐下。

「曼靈，我想知道妳做了什麼事促成忠柏和怡馨結婚？」

我回想起不久前忠柏找我傾訴，說怡馨離開了診所，他愛怡馨，但是二人的價值觀越來越不同，他感到無助迷茫。一聽到朋友有事，我就馬上變成「厚多士」。我建議忠柏利用診所那些高難度的具有挑戰性的病人個案去挑起怡馨的好勝心，讓怡馨私底下去與病人接觸，我推斷按照怡馨的方法打破常規去醫治心理失衡的病患者，遲早會出事，到時候忠柏再站出來英雄救美，他們之間的感情就會有新的轉折。忠柏反對，說這樣做對病人對怡馨都比較危險，我沒有勉強他，不過後來他還是照做了，因為忠柏想與怡馨結婚，希望怡馨重新回到診所掛牌行醫。怡馨出事那天，忠柏打了電話給我，他哭著說，萬一怡馨有生命危險，他不會原諒自己。那天我接到忠柏的電話，坐立不安，徹夜不能眠，直到第二天忠柏再次致電，說怡馨已經脫離危險了，我才帶著餘悸躺下休息。

這件事我沒有對任何人提起，忠柏也守口如瓶，外界更加沒人知道。

「好啊，請妳通知他們，我一定到。」我爽快答應：

「對了，林敏伊去嗎？」

「敏伊也去，她和我哥在拍拖。」

「你說敏伊和丹尼在拍拖？」自從張博士出院後，我已經一段時間沒有和敏伊聯繫，連她有了新戀情都不知道。

「是呀，他們也快結婚了。」

當年敏伊剛剛對張博士萌生愛意時，敏伊很無助，曾經向我傾訴，我雖然鄙視社會的各種潛規則，可我並不贊成愛上有婦之夫，天下間那麼多男人，沒必要去與其她女子爭，這樣豈不令男人更加囂張？可是，看見敏伊說起博士時甜蜜的樣子，我有些不忍心傷害她，畢竟，敏伊第一次戀愛。於是我對敏伊說「just follow your heart.」

就是這句話，令敏伊大膽接受了張博士的愛。

「敏伊說，當年與博士相愛受傷後，她明白，絕對不要去打擾別人的幸福，更不要隨便走入他人的生活。」麗莎說。

「那就好，那就好。」我終於放下一件心事。「麗莎，妳知道還有誰會參加婚禮嗎？」

「好像還有馬丁夫婦，紹輝夫婦，阿炳夫婦，查理和漢娜，傑奇和蕭建邦，潘太，祖安娜。基本上都是忠柏和怡馨的病人。」

「文森不去嗎？」

「聽說他去澳洲了。」

「是嗎？他去澳洲找安娜嗎？」

「不清楚，他沒有對大家說，走得很匆忙很神秘。」

「我估計文森最終還是選擇了安娜。」我對這樣的結局有些失望，不過，男歡女愛的事，沒有潛規則可言，感情一旦來了，就揮之不去。但願他們能夠妥善安排好安娜與前夫所生的幾個孩子的生活，不要因為大人的感情事而對孩子的成長留下陰影。

周麗莎是我的助理，她不僅負責安排我的工作，還負責安排我的生活。我身邊的朋友發生任何事她都知道，自從麗莎留在我身邊，我足不出戶即可了解世界。只是，她一直找不到合適的伴侶，也不知是她的個性太過強硬開朗的原因還是她喜歡獨身。有一次和查理聊天，查理說，現在的男生心理素質比較弱，遇到麗莎這麼開朗自信的女性，他們會更加自卑。雄性動物天生具有保護雌性動物的意願，他們以此來體現自己的價值。如果一個女人凡事都能自理，男性會覺得自己沒用，會提不起興趣與她接觸。

查理開班教授痴男怨女如何dating，他並非忠柏的病人，他們是經我介紹認識的。查理經常私下約忠柏見面，

他二人的工作性質略有相同，都需要研究人的心理。我喜歡和查理聊天，他看人性看事物比較通透，而且，查理讓我了解到年輕一代的思想。麗莎說，忠柏邀請查理和漢娜，丹尼和敏伊做他和怡馨的伴郎和伴娘。我想，下次婚禮很快就該輪到這兩對情侶了。

「麗莎，妳最近在感情上有進展嗎？」我聽查理說他介紹了一位男士給麗莎。

「嗯……嗯……」麗莎不好意思回答。

「我猜妳有男友了。」我笑著對麗莎說，語氣很是輕鬆自然，以免她繼續尷尬。

「是找查理求助的一位男士，查理把他介紹給我，查理說，第一眼看見他就想起我。」說起對方麗莎臉都紅了，這和她一貫的灑脫格格不入。女人就是女人，當愛情來到就會變得嬌小可愛。

我暗自為麗莎高興，她這樣才像個女人。

二

赴宴那天，麗莎一早就去婚宴現場幫忙，她安排傑奇開車來接我。

「蘇小姐，我還要去接祖安娜和潘太。」傑奇對我

261

說。

「好啊，我也好久沒見她們了，她們還在找你做頭髮？」

「是呀，我在中環開了一家髮型屋，她們是我的常客。新郎新娘今天的髮型也是我設計的。」

「傑奇，你算是熬出頭了，恭喜你啊。聽說今天蕭建邦也會出席婚宴？」

「是的，建邦其實挺可憐，他對慕華真是痴心一片。自從妳提醒我不義之財不可取之後，我把所有的錢退還給建邦。建邦沒有食言，他把慕華接回家中找了私人看護悉心照顧她，一直守住慕華，不離不棄，慕華也逐漸在恢復中。」

「他還有去忠柏診所嗎？」

「聽他說已經沒去看病了，慕華接受了他，他的心理病也就不治而愈。」

「你和慕萍還有沒有聯繫？」我突然想起傑奇一直暗戀的對象。

「慕華逐漸好轉後，慕萍就離開了香港去歐洲進修藝術，她說在香港生活壓力太大，活得不開心。這些富二代，他們對生活的了解有多少！」

「人各有志。站在門外看不懂屋內的熱鬧。」

「蘇小姐，我就是喜歡和你這樣的知性女人說話。」說時，傑奇的車已經停在了西貢一棟別墅旁。

「對了，潘太怎麼會認識忠柏的？」

「可能是余太祖安娜介紹的，自從唐醫生在中環開診所祖安娜就一直在找他做心理諮詢。她和潘太在我那裡做頭髮認識後成了好朋友，祖安娜每次去唐醫生那裡就診潘太都會陪去。」

那次在洲際酒店祖安娜向丈夫丹尼爾，卡洛斯和艾瑪下毒，四人同時被送去醫院，幸而發現及時，而且中毒不深，經洗胃後四人都平安無恙。卡洛斯和艾瑪決定不起訴祖安娜，他們康復後離開了香港，在英國定居。艾瑪臨行前打了電話給我，我捨不得艾瑪離開，畢竟，我們從大學開始已經是好朋友。我鼓勵艾瑪去到國外開始寫作，我相信她一定會成為一名出色的作家。讀書的時候，艾瑪的文筆就比我好，而且，艾瑪感情比我豐富，愛恨鮮明，她筆下的人物一定會很生動。艾瑪告訴我，自從祖安娜揭發丈夫丹尼爾多項不可告人的性怪癖後，夫婦二人已無法再像從前那樣假裝同床共眠。祖安娜搬進了西貢郊區的別墅獨自生活，她的住所離潘太很近，二人出雙入對情同姐妹。

「潘太，余太。」傑奇見兩位闊太從屋裡走出來，急忙下車打招呼，並打開車門讓潘太和祖安娜坐上車，不愧

是做服務出身的。

「蘇小姐，妳也坐傑奇的車去啊？」潘太熱情地向我打招呼，反而祖安娜見我也在車上有些不好意思，她知道我和艾瑪的關係。

我和她們打了招呼，一行四人去赴宴。

我留意到潘太比以前更加有活力，反倒是祖安娜失去了以往的光彩。從西貢開車去凱悅酒店路程不遠，我們四人只寒暄幾句就到了。

忠柏和怡馨舉辦的是西式婚宴，省去了很多中國傳統婚禮的儀式，大家多了時間交談。丹尼，敏伊，查理，漢娜兩對情侶正忙著幫新人招呼賓客，麗莎是婚宴的主持人，也在忙碌。新郎新娘看見我們馬上迎了上來。

大家向一對新人恭賀。

「潘太，阿炳夫婦已經到了。」忠柏說。

潘太聽到阿炳的名字，神情閃縮，不過很快就恢復了鎮定。

「那好吧，我過去打個招呼。」潘太拉上祖安娜欲離開。

「祖安娜，丹尼爾今天怎麼不來？」怡馨問祖安娜。

「妳知道他這個人歷來怕應酬。他叫我代為轉告，祝你們新婚愉快。」

「本來和丹尼爾約好下週就診的，不過我們下週要去旅遊。想通知他改時間。」

「好的，我會轉告他。」說完，祖安娜就被潘太拉走了。

傑奇也過去和蕭建邦打招呼。只剩下我和一對新人。

「忠柏，你們的婚宴怎麼把病人都請來了？」

「這是怡馨的主意。也是我們診所未來的方向。以後我們會定期舉辦一些活動邀請患者參加，讓他們形成一個社群，希望他們在互助過程中學會自助。」

怡馨果然有遠見，她確實是精神科不可多得的人才。

「你們認識潘太？」我問一對新人。

「是呀，她丈夫沒有過身時她就已經是我們診所的病人了，剛剛我說的阿炳夫婦是潘太的朋友，阿炳的太太做了切除子宮手術後，一直有心理障礙，無法與阿炳有性事，潘太介紹她來診所。怡馨為她應診，經過幾次治療，情緒已經平穩很多了。」說到此，忠柏突然湊近我耳朵低聲說：「潘太和阿炳關係不簡單，阿炳太太有一次來就診時說，既然自己無法滿足丈夫，她不介意丈夫與其她女人做愛。曼靈，這可是寫作的好題材呦。」

忠柏的職業令他有機會接觸各個層面的人，了解各種

心態與人性。他一直想把多年來的臨床經驗寫成小說，不過沒有時間，他說，不寫出來實在太可惜。於是，我——蘇曼靈，成了他的代筆。

正說時，一個坐輪椅的青年上前向忠柏夫婦敬酒。

這個青年好面熟，我努力回想著在哪裡見過他。

「阿力，最近還有去看畫展嗎？」怡馨問這個叫阿力的青年。

「對了，畫展。我在畫展見過你。那天你在一副黑白灰的意境畫面前停留了好久，並推動輪椅來回轉動，表情豐富多變。」

「小姐，是的，那是我，是那幅畫作令我找到了人生的希望。自從出車禍後，我一直需要從唐醫生那裡尋找慰籍，現在不用了，那幅雨景畫的意境令我重新振作。」

這個叫阿力的青年為我留下很深刻的印象。當時畫廊很安靜，只有他推著輪椅不停轉動，輪椅與地板摩擦發出刺耳的聲音，我因此而留意他，看著他的表情從憤怒到沮喪到驚訝到平靜到釋懷，我的視線一直跟著他直到他面帶微笑離開畫廊。

這時，紹輝夫婦和David劉到場，他們和忠柏是中學同學。

　　紹輝夫婦是模範夫婦，忠柏曾經對我說過，紹輝第一次去佐敦找鳳姐後，心裡害怕，不知該如何面對太太，於是唯有找忠柏就診尋求幫助，據說紹輝解開心結後，開始頻頻找鳳姐買歡，不過妻子不知道。我心想，估計知道也不想道破，現在的師奶都這樣，婚期久了，就開始對丈夫睜隻眼閉隻眼，這也未嘗不是維持婚姻的方法。

　　「蘇小姐，好久不見了。」David劉和我握手。

　　「是呀，好久不見了，自從阿生自殺後。」不知為何，一看見劉律師我就想起阿生。

　　阿生在深圳旅館自殺後，David劉一直躲避我，他說阿生的官司他沒有盡力，若不是當時他被麗絲玩弄感情的話，阿生那場官司是不會輸的，他可以幫阿生追討回房子及部分財物。如果回到從前，如果阿生不輕易相信妻子懷孕，如果麗絲不玩弄David劉導致他對阿生的官司無法集中精神，如果……阿生也不會萬念俱灰走向死亡之路。

　　其實，我覺得阿生的死我也有責任，當初我去深圳看望阿生，介紹David劉為他打官司時，我給了阿生太多的希望。輸掉官司後，我如果多點關心阿生，阿生也不會孤立無助萬念俱灰。

　　「蘇小姐聽說過我們律師行Eric何殺妻案件嗎？」David劉沒有再說阿生的事，反而向我提起剛發生不久的

一單駭人殺妻案。

「聽說過。那段時間報紙電視各大媒體都在報導這個案子。警方還邀請了忠柏就此案件進行心理分析。忠柏分析主要是因為丈夫婚後漸漸對妻子失去熱情，再加上犯案者本性多疑，心胸狹窄，多數男子都會對女人曾經複雜的性關係耿耿於懷，所以，基於男性的本性，起了殺機。因犯案者是律師，知法犯法，故刑期較重。」

「正是。看來蘇小姐對這單案子有過研究。Eric何說希望蘇小姐去監獄探望他，如果妳對他的故事有興趣可以寫成文字，以告誡天下生性風流又心胸狹窄的男子。」

我答應了David劉，Eric何殺妻事件血腥，人性扭曲，這樣的故事會很受歡迎。

「怡馨，不好意思，我們來晚了一些，路上耽誤了。」一對夫婦帶著一對兒女來向新郎新娘恭賀。

「蘇珊，馬丁，謝謝你們來參加我們的婚宴，安排的比較簡單，請隨便。小朋友不要客氣，想吃什麼自己去拿。」怡馨和這個叫蘇珊的女人親熱地擁抱。

「蘇小姐，蘇珊是我從小學到中學的同學，而且我們是鄰居。」怡馨向我介紹。

「剛才我們搭的士過來，那個的士司機好奇怪，一直

盯著我們女兒看，不停地稱讚她長得漂亮，和我們女兒聊天，開錯路都不知道。馬丁付車資給他，他居然不要，他說他也曾經有個女兒，不過小時候患重病死了。我們下車他也下車，說想抱抱我們女兒，讓他重溫父親的感覺。我看他有點古怪，阻止他和我們女兒身體接觸，畢竟是陌生男子。下車的時候我留意司機名字，好像姓黃。馬丁站在一邊什麼也不說，真是個沒用的男人。」蘇珊一口氣說完，這段話足以讓我明白這個家庭的成員狀況。

「這個姓黃的司機估計有戀童癖。」忠柏說。

「以後再遇到這樣的叔叔要小心些，千萬不要跟他走，他給你什麼都不能要，知道嗎？」忠柏拍拍蘇珊女兒的頭慎重交代。

「蘇珊，大衛今天會來嗎？」怡馨問蘇珊。

「他去新加坡出差了，聽說他最近和一個有夫之婦過往從密，這次去出差也帶上她，新加坡那邊的同事去酒店找他時在房間碰到，好不尷尬。」蘇珊個性張揚跋扈，毫無分寸，我真替她的丈夫感到難過。

查理和漢娜走過來，漢娜招呼新到場的嘉賓入場，查理去門口迎接一位男賓客進來。

「忠柏，怡馨，這位是偉文，你們所用的化妝品和化

妝師都是偉文公司提供的。」

「哦，原來你就是傳說中的偉文，幸會幸會，感謝你對我們婚宴的支持。」忠柏和偉文擁抱並握手。

我聽查理提起過偉文，說偉文上過查理的dating技巧課。這個偉文看上去並不像是羞怯的男子，從他的衣裝打扮舉止言談，我反而覺得他是個熱情浪漫的男人，不知這樣的男子面對女人和感情會遇到怎樣的問題。我突然對偉文的故事很感興趣，叫查理替我介紹。偉文一上來就給我一個熱烈的擁抱，他的舉動是突然了些，可是，被這個高大的男子摟抱的感覺卻是美好的。

「原來蘇小姐是作家。我前幾天和朋友去大澳漁村吃飯，為我們做菜的女人好漂亮，她丈夫是個啞巴，這個女人真是能幹，為夫家生了六、七個孩子身材樣貌都沒有怎麼走樣，個個孩子都長得男清女秀聰敏伶俐，沒有一個孩子有生理缺陷，而且還是父母的好幫手。蘇小姐，像這樣的家庭應該會有故事可寫吧？」

「應該會吧，表面看上去很風光的家庭，或多或少都隱藏著一些不為人知的故事。」

「蘇小姐如果有興趣，找個時間我帶妳去大澳吃飯，認識這家人。」

我知道偉文為什麼需要學習約會的技巧了，看來他的

問題在於：對人過分熱情而掌握不好約會時間的尺度。現在已經很少有如偉文般浪漫激情的男子了，大家都在偽，都在裝，都不願意主動，生怕主動會吃虧，都在玩hide & seek和欲縱故擒的遊戲。不過，我倒覺得這個掌握不好分寸的大男孩挺可愛，於是我答應了偉文的邀請。

這時，一個中年婦女挽著一名少女來到。

忠柏一看見這兩個女子就快步迎了上去。

「阿嬌，你們母女怎麼來了？」忠柏說話聲音很小，不過隱約可以聽到對方的名字。

阿嬌，Ivy，這兩個名字好熟悉，好像忠柏以前向我提起過。我仔細打量這對母女。女孩的皮膚白得像富士山的雪，身材高挑，絕對夠資格做靚模；中年婦穿了一雙黑色漁網絲襪，以她的年紀，這樣的衣裝給人一種旺角油麻地佐敦那些路邊流鶯的感覺。

我盯著叫阿嬌的中年婦的絲襪出神，突然想起，多年前忠柏對我提起過，他曾經去找鳳姐的經歷。好像那名鳳姐就是叫阿嬌，在元朗做一樓一鳳。忠柏說他有戀襪癖，做愛時如果鳳姐穿上漁網絲襪他會格外興奮。

忠柏和那對母女在門口耳語了幾句，怡馨走過去打招呼：「忠柏，快招呼你的朋友進去吧。」忠柏無奈，唯有

叫查理帶著偉文和阿嬌母女進入宴會廳。

「忠柏，她們是你邀請來的？」怡馨問。

「啊，我沒有邀請，說是看到報紙知道我們今天在此擺設婚宴，所以來了。」忠柏說的是實話。

「元朗阿嬌？」我湊到忠柏耳邊，低聲說：「漁網絲襪做賀禮？」

忠柏聽了會心一笑，我也笑了。

我和忠柏之間有著很多不可告人的秘密，環顧來賓，也都各自揣著不為人知的秘密於人前歡笑，都在為救贖靈魂而努力，靈與欲的鬥爭是人類終身的戰爭，永不停息。這是一個淫亂的世界，淫亂中隱藏著各種遊戲的潛規則，遊戲在不停地更換玩法，人類在不停地追趕遊戲的步伐，有人被淘汰，有人勝出。

婚宴結束時，怡馨告訴我，小艾再次犯案，被送去了小欖精神病治療中心。

怡馨後悔當初沒有揭發小艾，導致她更加肆無忌憚地犯案。

我完全贊同怡馨的說法。成長期的少男少女，做錯事一定要受到相應的懲罰，否則本人會更加迷失更加妄顧法紀。

三

我答應David劉去監獄探望Eric何。婚宴過後，我透過相關部門替我做了安排，以採訪的形式探望重犯。為了配合我的工作和顧及我的人生安全，獄警把我和犯人安排在一個有監控和陰陽玻璃的房間裡，並安排了兩名獄警看守。不過，我看Eric何並非嗜血成性的變態殺手。

Eric何向我坦白了他殺死妻子那一刻帶給他無限快感。法官說他知法犯法，可是當時的他，已經完全失去理智，完全忘記自己是律師的身份。他只知道，自己懷有凡人無異的情慾，性慾，佔有欲，始終無法放下對妻子過往情史的嫉妒，導致自己對妻子百般猜測。疑心一旦生起就只會日益擴大，妻子的任何舉動他都覺得可疑。

「我本是一名花花公子，是麗絲對女人的獨特觀點打動了我，她是一名不錯的太太，或許我本性難移，根本不適合把感情圈在同一個女人身上。讓我長時間守住一個女人，對我來說是一種懲罰，而上帝懲罰我的同時令我間接害死了一個好女人。」

「你後悔殺害了妻子嗎？」

「對於妻子的死，我表示遺憾，可是，如果我不殺死她，我就無法受困。像我這種思想控制不住行為的人，

最適合就是讓肉體受困。雖然行為受到了限制，可是在這裡，我的心是平靜的，我不必擔心自己再去傷害其他人。」

「你是不是覺得殺死妻子的同時，你的靈魂得到了救贖？」

「差不多吧。如果她不死，我的人性會扭曲，可能會做出比殺死妻子更加齷齪的事。」

Eric何毫無保留地對我說出他真實的想法。幾乎使得我也認同了他的看法——必須殺死妻子！

「蘇小姐，我在獄中認識了一個朋友，他也是重犯，他開小巴撞死了前妻與另外一名男子。他對我說，他曾經先後染上賭癮和毒癮，是母親對自己無限的關愛令他下定決心戒掉賭癮與毒癮，正打算展開人生新的一頁，無意中看見整容後的前妻與一名男子坐在咖啡屋裡聊天。雖然妻子已與自己離婚，但是，當他看到妻子與其他男子親暱的樣子時，他妒火中燒。他踩下油門的一刻，腦海一片空白，只知道他必須要開車撞死他們。待他清醒，已後悔莫及。他在獄中接受懲罰，老母親沒有人照料，唯一的兒子也失去了母親，無人照料。他說，自己做錯事受懲罰是應該的，但卻連累了至親至愛的親人。」

我曾經探望過長期躺在床上無法行動的病人，他們的

思維比任何健康的人都要活躍，一個人失去行動的能力，他的思想必將彌補行為的缺陷；當一個正常的人被利欲，情慾與愛恨控制而導致他失去思考的能力時，就會以旺盛的行動能力去彌補思想的缺陷與空白。這或許是Eric何與他所說開車撞死人的另一重犯當時犯案的心理與生理狀態。

那天，Eric何提供了不少獄中案犯的資料以及犯案心態。離開監獄，我又匆匆趕去小欖精神病治療中心看望小艾。一路上，我不停想著Eric何說的話。

「像我這樣思想控住不住行為的人，最適合就是讓肉體受困。」

如此地，Eric何被困在了高牆內。

長久以來，我一直想不通為何人會精神失常，會有各種各樣心理與行為均失控的患者。古時沒有精神科醫生，那時不會有太多的精神病患者；自從有了精神科這一門醫學研究項目後，各種精神與心理障礙問題不斷湧出，並把各種症狀的病情安了醫學名稱。我要問問忠柏，是否果真有那麼多種精神與心理上的病情？

　　的士很快到了小欖精神病治療中心，這個中心的建築物居高臨下，附近佈置了不少紀律部隊建築，屬於高設防區域。

　　特別看護把我領到一間白色的小屋，我透過一面陰陽玻璃窗看見小艾，她看上去比以前更加瘦小，面色蒼白，被藍灰色的囚服包裹著坐在地上，動彈不得，屋內沒有任何擺設，地面和牆身皆鋪了厚厚的軟性物質，特護告訴我這是為了防止病人撞擊硬物導致身體或頭部受傷而做的防護。我曾經在忠柏的診所見過小艾一次，表面上完全看不出小艾是會自殘的女孩，更想不到會以毒害怡馨的方式多次犯案，導致先後有兩名女子被害。或許怡馨說的對，當初她如果向警察錄口供揭發小艾令小艾第一次犯案後受到應有的懲罰的話，小艾也不會肆無忌憚再次犯案。

　　小艾完全看不見我，只神情呆滯地躲在那個屬於她的空間裡。

　　「請問，她要在這間小屋裡呆多久？」

　　「估計要很長時間，我們也曾經嘗試放她出來，可是她一出來就會傷害自己或是他人，我們不得不以特殊的方法困住她。」

　　「她父母來看過她嗎？」

　　「她母親來過，父親沒有。不過，她母親也很少來，

你是第二個來看她的人。」

　　特護有其他事，離開了，他吩咐我不要亂走。

　　我一直站在小艾的世界之窗看她，我隱約看到小艾在流淚，那女孩看上去是那麼的悲戚，那麼的平靜端詳，可恨被母親自私地利用自己的子宮孕育生命而獲得自己穩定的生活之後就棄之不顧，這個生命只是她謀取一己之欲的工具。窗內，小艾落淚，窗外，我落淚。回想忠柏告訴我的某些病人的案例，回想身邊所聞所見人情世故，回想監獄裡Eric何以及其他犯人的故事，生命何時變得無足輕重？這個世界怎麼了？人性真的泯滅了嗎？

　　「這個世界是淫亂的，是瘋癲的！」我不禁失聲。

　　「小姐，你們看我們是瘋癲的，我們看你們也是瘋癲的。」

　　突然有人對我說話，我被嚇住，思緒一下從小艾的世界跳出。

　　一個穿了制服的大叔不知何時站在我身旁。

　　「因為我們性情太真，逾越了所謂社會的潛規則，所以你們認為我們是不正常的。其實我們看你們才不正常，一群假正經假斯文假仁假義！你以為這裡才是精神病院？你們的世界才是精神病院，呵呵。快走吧，快離開這裡回

到你自己的精神病院吧！」大叔說完就走了。

我的思想飛越出小欖精神病院。

Eric何，小艾，輪椅青年阿力，大衛，瓊，文森，安娜，林敏伊，馬丁，紹輝，阿生，阿嬌，偉文，傑奇，蕭建邦，艾瑪，卡洛斯，祖安娜，丹尼爾，忠柏，怡馨，查理，阿炳，潘太，勝記……我所接觸過的人物一一浮現在眼前。每個人的生命都是一場戰爭，他們每個人都是自己的戰鬥士，為自己的人生在奮戰著。

曾經，我多麼希望來一場轟轟烈烈的戰爭，以喚醒磨滅的人性。其實我們身處的世界，無論何方，時刻都在進行著鬥爭——人性的鬥爭。

無論是Eric何，小艾，還是我生活的世界，每個人都在以自己的方式頌揚著生命。

生命，讓我無限敬畏！

探完小艾，我匆匆離開，急於奔向我所生所在的精神病院，去譜寫眾生。